LES

PARTIS POLITIQUES

EN PROVINCE.

INP. E. DÉZAIRS, A BLOIS.

LES

PARTIS POLITIQUES

EN PROVINCE,

Par P. Scudo.

PARIS,

LEQUIEN, LIBRAIRE, QUAI DES AUGUSTINS, 47.

MDCCCXXXVIII.

A LA SOCIÉTÉ ACADÉMIQUE

DE NANTES.

En témoignage

D'une vive Reconnaissance.

Scudo.

I.

INTRODUCTION.

EXPIRANT sous les débris de la société antique, le dix-huitième siècle légua à son succes-
seur l'impérieux devoir de trouver aux nations
délaissées une nouvelle moralité. La révolution
de 89 brillera dans l'avenir, comme une vaste
épopée de l'esprit humain. Ce fut le cri lugubre

1

d'un monde corrompu succombant sous les coups d'une génération nouvelle, qui s'emparait de la vie avec une impitoyable fureur; ce fut l'acclamation spontanée et magnifique d'un peuple malheureux, qui s'échappait des bastilles de la féodalité; ce fut l'horrible immolation d'une caste sociale qui avait absorbé en elle seule la puissance et la richesse de la nation; enfin, ce fut l'apparition du principe de l'égalité, déposé par Jésus dans la conscience du genre humain, qui, perçant l'enveloppe de la foi, se constituait une vérité de l'intelligence.

Dans le petit nombre de lois fondamentales de l'esprit humain, il y en a une qui les domine toutes : c'est le dogmatisme de la volonté. La volonté de l'homme est une puissance primitive, qui ne se soumet qu'à un principe supérieur; jamais elle n'accorde à une simple volonté comme elle, le droit de la commander, si cette dernière ne puise ce droit dans une source impersonnelle. Deux volontés individuelles sont deux unités d'une même nature, qui ne peuvent faire nombre, parceque l'une ne saurait se subordonner à l'autre. Si dans les coups dont on l'accable, le soldat'autrichien croyait voir l'effet de la volonté du caporal qui les lui administre, il l'égorgerait à l'instant même; mais sachant que le caporal n'est qu'un misérable instrument, il remonte le fleuve de la hiérarchie sociale, et va chercher la cause de son supplice jusque sur le trône de l'empire, où sa raison trébuche et s'anéantit : l'histoire de l'humanité confirme ce principe.

Cependant la société serait-elle possible avec ce tourbillon de volontés individuelles, si un lien ne les réunissait pour en former un tout harmonieux? évidemment non. Quel sera donc ce verbe mystérieux qui établira l'ordre dans le chaos? Ici se partagent les philosophes, et se multiplient les systèmes.

Pour qu'une volonté surgisse du sein de ses égales et vienne leur imposer sa loi, il faut de toute nécessité qu'elle soit appuyée de l'une des deux puissances qui seules, en ce monde, dominent les volontés individuelles : de Dieu ou de l'humanité. Dieu et l'humanité, sources sacrées d'où s'épandent les principes des sociétés ; fleu-

ves immenses aux cours desquels doit se retremper la volonté qui prétend régir les nations.
Lorsque cette volonté émane de Dieu, c'est un
tuteur vigilant qui ne livre la liberté aux peuples qu'à mesure qu'ils avancent dans le progrès; mais si elle s'échappe de l'acclamation
des masses, alors elle est le vœu intelligent des
hommes émancipés. Dans le premier cas, elle
s'appelle royauté, dans le second, souveraineté
nationale.

Il est de l'essence de tout véritable principe
d'être impersonnel, et d'appartenir aux lois
générales de la raison; et comme tel, il trouve
toujours une respectueuse obéissance. Mais
aussitôt que ce principe quitte les régions élevées où il a été conçu, et qu'il tombe dans la
personnalité, en perdant sa pureté originelle, il
perd aussi sa force sociale; il s'incarne alors,
il s'individualise, il s'abâtardit sous la volonté
mesquine d'un homme ou d'une caste, et il
périt comme un fait isolé. Or, la volonté individuelle qui a reçu le baptême de Dieu ou de
l'humanité, se dépouille de son caractère humain, elle quitte la terre et monte, comme le

Christ, au séjour des principes ; c'est à ce titre qu'il lui est possible de gouverner les hommes. Que si, par la succession des temps, elle manquait à sa haute destinée, alors elle devra s'attendre à la résistance des autres volontés, qui ne verront plus en elle qu'une force individuelle, sans mission et sans droit.

Ici il faut prévoir une question qu'on ne manquera pas de nous faire. Comment Dieu manifeste-t-il son approbation ? Comment transmet-il son pouvoir à la volonté particulière ? Admettriez-vous la révélation ? Nous répondrons à ces objections en exposant nos idées sur la royauté.

En remontant aussi loin que possible le cours des affections de l'homme, on trouve au fond de son intime nature un sentiment primitif si vivace, qu'il survit à toutes les catastrophes de l'âme, et qu'aucune forme politique ne saurait l'anéantir : c'est le sentiment paternel. Le sentiment paternel est un délicieux amour de soi-même, reversé sur l'image qui doit nous transmettre à l'avenir, et qui circule dans nos

veines avec la vie. Rien ne lui est antérieur, si
ce n'est la cause suprême à qui nous devons
tout. En effet, la famille est une monade
sociale, placée sur la terre comme un point
dans l'espace, une note fondamentale de l'harmonie du monde. Monarchie, république,
tyrannie, tout passe et repasse au-dessus de
cette unité indestructible, qui survit aux orages de l'humanité comme le dernier mot d'une
mystérieuse Providence. C'est là, c'est au sein
de la famille que naquit et se développa la magistrature paternelle, premier germe de l'autorité morale. Je dis premier germe de l'autorité
morale, car ce n'est ni à la force, ni à la richesse, ni à l'assentiment de ses égaux que le
père doit son pouvoir dans la famille; il le doit
à un sentiment qu'il n'a pas créé, à une cause
qui lui est supérieure. Mais quel est donc l'être
fort qui donna à l'homme cette douce affection pour sa progéniture, origine première de
toute autorité? La nature, dit le philosophe;
Dieu, lui répond le chrétien: qu'importe! vous
convenez au moins que l'homme a puisé l'autorité morale hors de sa volonté, je n'en demande pas davantage.

La magistrature paternelle était nécessaire. Il fallait aux enfants jeunes, faibles et inexpérimentés, une autorité forte et bienveillante, qui les guidât à travers les phénomènes du monde, et les initiât avec prudence aux mystères de la vie. Tant que le père usa de son pouvoir dans l'intérêt de ses enfants et pour le bonheur de la communauté, il était juste, puisqu'il était indispensable; aussi sa volonté était-elle religieusement exécutée, car elle avait la sainteté d'un principe. Mais lorsqu'oubliant sa mission tutélaire, le père voulut étouffer sous sa tyrannique personnalité l'indépendance; de ses enfants, le fils aîné, émancipé par l'âge et la raison, se posa en face de son père et lui dit : « Ton autorité absolue expire devant ma liberté; » et je suis libre puisque je me suffis à moi-même. » Je t'ai obéi comme père, comme magistrat » chargé de soutenir ma faiblesse ; mais homme » et ton égal, je te résiste.» Et assis autour de l'âtre paternel, le fils prit part au conseil de la famille. Voilà l'origine de l'aristocratie, qui fut le premier accent de la liberté.

La royauté antique, dans sa vénérable ma-

jesté , a tous les caractères de la magistrature
paternelle ; elle en est incontestablement le développement régulier et naturel. Vous la voyez
avec son sceptre pastoral, le front ceint d'une
couronne mystique, couverte d'un manteau
sacré, se retirer dans un tabernacle, comme
une parole divine. Elle est simple et absolue ,
et jamais elle ne s'inquiète de l'assentiment des
peuples ; qu'elle dirige de sa puissante main.
Elle les gouverne sans contrôle, car elle souffre et prévoit pour eux ; elle est l'expression des
mœurs naïves de cet âge reculé ; c'est la science
des vieux jours, c'est le temps et son expérience
guidant les pas incertains des nations. D'ailleurs la royauté était la seule forme sociale
que pût concevoir alors l'intelligence des peuples ; elle était la réalisation extérieure d'un
besoin de l'esprit, elle était l'expression de
l'unité .

Or, l'unité est le but éternel auquel tend
l'esprit humain. Il la veut en toutes choses
et à toutes les époques de la vie ; seulement
chez l'homme simple elle n'est qu'une idée,
chez le philosophe elle forme un système.

Les progrès des peuples ainsi que ceux de
l'individu peuvent se mesurer à la grandeur
de l'unité qu'ils se sont faite. Dans la haute
antiquité l'homme voyait les bornes du monde
là où s'arrêtait l'horizon; et Dieu circon-
scrivait la personnalité humaine, comme la
vigne enlace de ses flexibles rameaux l'orme
de nos campagnes. Plus tard, en brisant l'é-
goïsme de son intelligence, il y laissa pénétrer des phénomènes ignorés; avec les connais-
sances de l'homme, s'agrandit aussi l'idée de
la nature et de son auteur; et Dieu, adoré jusqu'alors sous la forme d'une nymphe ou d'un
roseau, fut replacé par le progrès sur le trône
de l'univers. D'abord il confond tout dans une
vaste unité; puis il la fractionne en mille autres par l'abus de l'analyse; et enfin il recon-
struit le tout par la puissance de sa raison.
Ignorant, il est superstitieux; l'analyse le rend
athée; par la science, il devient religieux comme
Newton. C'est ainsi que sous les symboles d'or
de la nature se cachent les mystères de la destinée humaine; mystères qui ne se dévoilent à
l'humanité qu'à mesure qu'elle avance dans
l'avenir.

Si l'art, si la religion, si toutes les créations spontanées ou réfléchies de l'esprit humain témoignent de ce besoin d'unité, ce témoignage éclate plus encore dans l'organisation politique. La société primitive, telle que nous la voyons s'épanouir en Orient, est une extension de la famille et rien de plus ; et la royauté est fille de l'autorité paternelle. Les subtiles combinaisons sont indignes du sens commun de l'histoire.

Les révolutions sociales qui, au sein de la famille, avaient arrêté l'empiétement égoïste de l'autorité paternelle, se renouvelèrent plus tard autour de la royauté, quand celle-ci oublia sa mission providentielle. Héritière du pouvoir du père de famille, la royauté était le résultat de l'accroissement de l'humanité, et de la transformation de la famille en la tribu. Tant qu'elle resta dans les limites de son autorité légitime, et qu'elle présida avec amour à l'émancipation des peuples, sa volonté ne rencontra jamais un obstacle ; mais lorsqu'elle voulut résister au progrès, et refuser la liberté à ceux qui la réclamaient et qui la méritaient,

ceux-ci lui tinrent le même langage que le fils
avait tenu à son père, et s'opposèrent à l'extension de son autorité. La royauté fit alors ce
qu'avait fait le père de famille, ce que font
tous les pouvoirs quand ils voient expirer le
jour de la domination : elle employa la force.
A la force on opposa la force; et, vaincue dans
ce conflit de volontés individuelles, la royauté
fut obligée d'admettre au partage de la souveraineté ceux-là mêmes qu'elle venait de combattre. Cette seconde aristocratie fut un nouveau progrès de la liberté.

C'est un fait incontestable : l'aristocratie a été
la mère de la liberté sociale. Les droits que l'a-
ristocratie exigea de la puissance royale furent
ceux que plus tard les peuples réclamèrent de
l'aristocratie elle-même; partout où l'aristocratie n'a pu éclore et restreindre la volonté égoïste
de la royauté, là règne un profond despotisme.
Voyez l'Orient.

Mais cette nouvelle aristocratie, qui partage
actuellement avec la royauté les droits de la
souveraineté politique, comment se conduira-

t-elle à son tour avec ceux qui plus tard vien-
dront aussi frapper à la porte de l'état, et demander leur émancipation ? Sera-t-elle assez
juste pour leur tendre une main fraternelle,
et pour les introduire sans résistance dans la
légalité? Non; elle voudra également se perpétuer au pouvoir, et elle ne renoncera à la
jouissance de ses priviléges qu'après avoir été
vaincue par la majorité. C'est par une suite de
semblables révolutions, c'est en élargissant
successivement le cercle du progrès, c'est en
passant de la royauté pure à une petite aristocratie, de celle-ci à une plus grande, que l'humanité chemine dans l'histoire, jusqu'à ce que
la résistance de ceux qui dominent devenant
trop forte, il arrive une de ces grandes catastrophes sociales, qui bouleversent et renouvel-
lent tout.

Le dix-huitième siècle a été un grand tribun,
dont la magnifique parole retentira loin dans
l'avenir; mais il fut trop passionné pour avoir
été impartial. Saisi d'une haine profonde contre
une société avilie qu'il voulait reconstituer, il
étudia l'histoire avec un cœur courroucé et un

esprit aveuglé par de mesquines préoccupa-
tions. Pour lui, tout ce qui s'était accompli
depuis la chute du paganisme n'avait été que
le pillage du monde civilisé par la barbarie; il
ne voyait dans la féodalité que le règne de la
force et la négation de la moralité humaine;
aussi traversa-t-il le moyen-âge l'ame remplie
d'un sentiment de terreur et de dégoût, et il
courut bien vite se jeter dans les bras de la radieuse antiquité. Épris d'un amour ardent pour
ses turbulentes démocraties, il se plaisait à la
lecture de leurs annales comme à celles d'un
poëme héroïque. Plutarque et ses grands hommes fut le livre chéri du dix-huitième siècle.
Il parcourut ces pages vénérables de la belle
humanité avec un plaisir indicible; puis, il tira imprudemment ces larges physionomies du
cadre social qui les contenait et les expliquait,
et il se les offrit comme des symboles dignes
de son adoration. La Grèce et ses vives populations, Rome, ses conquêtes et ses sanglants
orages, lui parurent contenir l'expression la
plus élevée de la liberté humaine. Il ne s'a-
perçut pas, tant il était fasciné par les beau-
tés de l'art antique, que, dans cette Athè-

nes, si glorieuse et si belle, la volonté sociale
émanait exclusivement de l'aristocratie de
la cité! il ne vit pas, dis-je, que, sous cette population souveraine et absolue, qui jugeait en
dernier ressort toutes les grandes questions de
la patrie, gémissait un monde d'infortunés esclaves, livrés comme de vils animaux aux caprices du citoyen! Oui, il ignorait que ce superbe Athénien, qui allait sur la place publique applaudir Démosthènes, avait, dans sa
maison, dans ses terres, comme un seigneur
féodal, cent malheureux occupés à labourer
ses champs, et à préparer son dîner. Enfin le
dix-huitième siècle méconnut cette profonde
vérité : que la civilisation antique ne touchait
que la superficie de la société; que l'homme
y était toujours immolé au citoyen; qu'il n'y
était libre qu'autant qu'il partageait la souveraineté, et que cette souveraineté était
tout entière dans les mains d'une faible minorité.

De cette fausse appréciation de la marche
de l'humanité, il résulte deux faits qui caractérisent le dix-huitième siècle, et qui ont eu

sur la révolution de 89 une influence remarquable. Du moment où les philosophes furent
convaincus que la liberté avait atteint, il y a
deux mille ans, sa plus large portée; et que le
progrès, épouvanté de la chute de la société
antique, s'était arrêté sur les lèvres éloquentes
de l'art grec et romain, ils durent être forcément persuadés que pour raviver le corps social, il n'y avait que deux moyens possibles :
déblayer le sol de l'Europe de tout ce qu'y
avait apporté le tourbillon des peuples du Nord,
ramener ensuite les nations modernes aux formes sévères de l'antique démocratie. L'influence d'un point de vue historique sur les
affaires de la vie est si grande, qu'en laissant
échapper le sens de l'esprit social de l'antiquité, le dix-huitième siècle fut contraint de mé-
connaître la grande loi progressive du genre
humain. La question ainsi posée, il dut tout entreprendre pour dépouiller nos vieilles nations chrétiennes de leur enveloppe séculaire, et
croire qu'une fois mise à nu, il serait facile de
les couvrir d'un pallion grec ou d'une toge romaine. Il ne pouvait douter un seul instant de
la maturité des masses à recevoir la souverai-

neté politique, puisqu'il était malheureusement convaincu qu'Athènes, Sparte et Rome avaient été, il y a deux mille ans, de pures démocraties. Voilà la grande erreur de la philosophie du dernier siècle, erreur dont nous verrons les résultats dans la suite.

La révolution de 89, fidèle en tout point aux doctrines philosophiques du dix-huitième siècle, déplaça la source de la souveraineté, et la fit surgir de la volonté des masses. *Les hommes sont égaux devant la loi de Dieu*, avait dit le Christ ; *les hommes doivent être égaux devant la loi des hommes*, lui répond Mirabeau dix-huit cents ans après ; et au bruit de cette ineffable parole, l'aristocratie française s'enfuit pour jamais dans les entrailles de la nation. C'est ainsi qu'à travers les siècles, qui passent comme des ombres légères, se complètent les pensées civilisatrices. Chaque peuple paraît à son tour sur la scène du monde, où, par la bouche de ses sages et de ses artistes, il formule le progrès.

D'abord, l'assemblée constituante porte sa

main vigoureuse sur toutes les parties de la
vieille société, et débarrasse le sol de cette foule
de droits féodaux que réprouvait la raison. Puis
avec une admirable intelligence, elle se saisit de
toutes les branches de l'administration publique, et jette sur la France un réseau de lois
qui portent en tout lieu la vie et l'unité. Cette
restauration des lois organiques; cette simpli-
fication des rouages administratifs; cet esprit
d'unité, répandu sur toute la surface du pays;
cette réhabilitation de l'homme et de ses droits
civils; cette justice distributive, égale pour
tous et pour chacun : voilà l'œuvre immortelle
de la Constituante, œuvre depuis long-temps
préparée par les progrès de l'esprit humain.

Nous l'avons déjà dit; deux seuls principes
peuvent légitimement gouverner le monde : le
principe primordial de la tutelle gravée dans
le cœur de l'homme, qui du père de famille
passa à la royauté, de celle-ci à une aristocratie, et ainsi de suite, comme le filet d'eau qui,
du sommet des hautes montagnes, tombe de
cascade en cascade et va se perdre à l'océan ; et
celui de la souveraineté nationale. Ces deux

principes sont exclusifs, et ils arrivent à des
époques différentes.

Quel que soit celui de ces deux principes
qui constitue la société, elle se compose toujours de deux parties : la partie morale où ré-
side le gouvernement et la conscience du corps
politique, et la partie inférieure et végétative
où se débattent les individualités. On peut
améliorer la seconde, simplifier ses relations
avec l'état, la mettre en harmonie avec les
nouveaux besoins sans toucher à la partie
morale, sans déplacer la souveraineté : ces mouvements arrivent très fréquemment dans la société matérielle, et portent dans l'histoire le
nom de révolution politique. L'assemblée constituante venait d'accomplir la plus grande révolution politique des temps modernes, et de
réorganiser en toutes ses parties la société matérielle. Il s'agissait de savoir maintenant si la
raison des masses était arrivée à ce point de
maturité indispensable, pour présider à ses propres destinées; s'il était temps de remettre au
peuple sa robe virile? Cela n'était pas douteux
pour l'assemblée constituante, et d'une voix

qui troubla le monde, elle proclama la souveraineté des peuples. Il restait à réaliser ce
principe, à l'affermir dans la société. En face
d'une monarchie aussi vieille que la nation,
pleine de respect pour un roi simple et honnête homme, la main de l'assemblée hésita à
l'achèvement de son œuvre ; elle eut l'incroyable simplicité de confier à une royauté de dix
siècles la garde de la souveraineté du peuple,
rapprochant ainsi deux principes inconcilia-
bles, dont l'un ne doit la vie qu'à la mort de
l'autre. Ici est la faute, ici se voit la fatale influence de la préoccupation historique du dix-
huitième siècle. A trois cents ans d'intervalle,
l'assemblée constituante commet la même erreur que le concile de Constance, qui, après
avoir réformé l'église en son chef et dans ses
membres, s'avise de réserver au pape le droit
de convoquer le concile! défaisant d'une main
ce qu'il avait fait de l'autre.

L'infortuné Louis XVI, trompé par la dignité mensongère que lui avait conservée la
constitution de 91, cherche de toutes parts
l'autorité qui est inséparable de la royauté, et

il ne trouve que résistance et mépris. **Aban-**
donné de tous les siens, assis sur un trône solitaire comme une victime expiatoire, il entend
gronder la voix formidable des factions qui lui
imputent les crimes qui sont le résultat inévitable du pacte social qu'on lui a imposé, et il paie
de sa tête l'erreur de l'assemblée constituante.
A sa mort, la confusion s'empare des choses. Il se fait un horrible mélange de toutes les
vérités sociales. Les peuples se précipitent dans
un gouffre de fange et s'égorgent sur le cadavre de la royauté. L'esprit humain, privé tout-
à-coup de sa foi antique, court comme un dé-
mon déchaîné à toutes les aberrations ; il renverse tout ce qui s'oppose à ses fureurs, et, la
torche du fanatisme à la main, il salit les pages de l'histoire de l'humanité des plus dégoû-
tantes bacchanales. Deux partis surgissent de
ce chaos mémorable, qui, comme les génies du
bien et du mal, se disputent l'empire du
monde.

L'un, composé des plus nobles intelligences,
fils des progrès du temps, nourri de l'histoire
et de la philosophie des nations ; fort par son

éloquente parole qu'anime un profond amour
de la patrie; mélange de grâce et d'élévation,
de force et d'atticisme, il résume dans son ba-
taillon sacré toute la civilisation française. Les
Girondins, généreux vainqueurs d'une aristocratie séculaire, prêtent une oreille attentive
aux cris des vaincus, et ne veulent pas qu'on
les abandonne à la rage de la basse démocratie.
Ils savent bien que le sang versé par les factions
enfante des martyrs, et qu'on n'efface pas une
vieille société d'un coup d'éponge. Ames naïves et sincères, ils veulent que toutes les voix
de la patrie se groupent autour de la souveraineté nationale, et que la révolution se rat-
tache à la chaîne du passé. Point de hache,
point de proscription, paix, miséricorde, égalité et justice pour toutes les classes, pour tous
les individus! Mais, illustres et à jamais dé-
plorables victimes de leur propre faiblesse, ils
succombent faute d'énergie et de prévoyance
sous les coups d'une faction sanguinaire qui,
s'élançant du bas-fond de la société, vient plon-
ger ses griffes de fer dans le sein de la
France.

La Montagne, terrible expression de l'é-

goïsme démocratique, sanglante révélation de
nos misères, mémorable enseignement qui doit
nous apprendre que d'horreurs on peut com-
mettre au nom des plus saintes vérités ! ramas
d'ignobles écoliers, misérables phraseurs nés
de la poussière scolastique du dix-huitième
siècle, ils n'auraient pas su administrer un village en respectant l'humanité. Sans connaissance du passé, sans intelligence des besoins de
l'avenir, ils prennent pour symbole d'un siècle
d'industrie, les sales guenilles des misérables;
et ils voudraient étouffer trente millions d'hommes sous des formules lacédémoniennes. Écou-
tez-les, dans leur langage ordurier et bouffon;
ils n'ont que des insultes pour leurs victimes,
et que des abstractions de collége pour ceux
qui leur demandent la paix et le bonheur !
Oh ! les sublimes législateurs ! qui répondent
à coup de guillotine à la moindre objection
qu'on leur fait ! Oui, la Montagne sera toujours l'exécration des nobles cœurs et des esprits élevés; elle est à l'immortel principe de
la souveraineté nationale ce que la Saint-Bar-
thélemy fut au christianisme, la profanation
d'une vérité de l'esprit humain. Née des er-

reurs du dix-huitième siècle sur l'antiquité, la
Montagne immola des milliers de victimes avec
des phrases de rhéteur; elle égorgea la liberté,
et la livra à la volonté d'un soldat heureux.

L'empire ne change rien à la question des
principes. Pouvoir révolutionnaire et sans légalité, il réunit, d'une main vigoureuse et habile, les éléments fécondants de la révolution
de 89. Il organise la société matérielle jusqu'a-
lors si maltraitée, arme la cité d'une force nécessaire pour la garantir des intérêts individuels,
et il va sur les champs de bataille défendre la
France nouvelle contre l'Europe monarchique.

En 1814, la maison de Bourbon remonte
sur le trône de ses ancêtres, et avec elle le principe primordial de la tutelle. Elle se ressaisit
de la souveraineté inhérente à la véritable
royauté; et, si elle juge à propos d'accorder
aux besoins des temps quelques libertés, c'est
comme une concession de sa toute-puissance
qu'elle pourra absorber, quand elle le jugera
bon. Cette absorption qu'elle essaya l'étouffa
en 1830.

La révolution de juillet, en renversant la restauration, a voulu reprendre à la royauté le principe de la souveraineté et le replacer dans la nation. Les hommes qui depuis quinze ans avaient manœuvré dans le cercle de la Charte royale de 1814, et qui avaient fait à la monarchie légitime cette facile, cette grammaticale opposition; ces hommes, dis-je, furent bien effrayés à la vue de la victoire populaire qu'ils étaient loin d'avoir prévue; et, satisfaits de la proscription de la branche aînée, ils s'empressèrent de ramasser pièce à pièce les mille fragments du gouvernement détruit, et, soufflant de leurs petits poumons sur ce tas de brisures, ils s'en firent un ordre social tout juste assez grand pour les héberger, laissant le peuple vainqueur aboyer à la porte.

Ce livre n'est point un pamphlet. Philosophe, nous cherchons dans l'étude de l'histoire à découvrir ces grands principes qui sont la base des sociétés. Nous n'ignorons pas qu'entre ces époques mémorables, où l'homme, dépouillé de ses vieilles croyances, cherche à reconstruire le monde à sa nouvelle image, il y a des moments terribles d'hésitation et de souffrance, de force et de faiblesse, pendant lesquels l'humanité, désertant les temples d'une voix qui expire, s'avance lentement dans l'avenir; et que souvent elle revient se pencher douloureusement sur les débris du passé qu'elle inonde de ses larmes. Les gouvernements, qui alors s'emparent de la société matérielle pour donner le temps à la pensée de préparer sa nouvelle demeure, sont très utiles; mais leur existence est attachée à la durée des besoins qui les avaient appelés. La Charte de 1830 n'a aucun de ces caractères de grandeur et d'unité qui décèlent une institution forte : c'est une halte de la société matérielle qui, dans l'incertitude du chemin qu'elle doit suivre, attend le retour de ses éclaireurs pour continuer son voyage.

On comprend le but de ce livre. C'est l'étude d'un homme indépendant qui, sans aucune préoccupation politique, cherche à pénétrer dans la vie intime de ces fractions sociales qui composent une nation, à y saisir le trait qui les caractérise, et à prendre acte des éléments qu'elles déposent dans la moralité d'un peuple. L'auteur a voulu tracer un page de l'histoire de son temps : La critique lui apprendra s'il a réussi dans ses efforts.

II.

DE LA FRANCE.

Au sein de la famille européenne, parmi ces nations qui naquirent des dépouilles de l'empire romain, et que la voix du christianisme arracha à la barbarie, il est un peuple fort et puissant, indomptable à la guerre, actif, laborieux dans la paix, gai, spirituel, à la phy-

sionomie douce, vive et légère, aux formes
sveltes, élégantes, à l'abord facile et commu-
nicatif, au parler bref et sentencieux : c'est le
peuple français.

La nature, qui semble ne livrer à l'humanité ses
innombrables arcanes qu'à mesure que celle-ci
se rend digne de les comprendre, tient encore
caché à nos yeux avides le mystère de l'individualité des peuples. Grande est la préoccupation du sage, lorsqu'en jetant les yeux sur cette
terre, il voit ces milliers de nations, filles d'un
même dieu, toutes marquées au front du sceau
de la même famille, et chacune distinguée par
un trait particulier; toutes soumises aux mêmes
peines, aux mêmes besoins, naissant dans la
douleur, mourant dans la douleur, et chacune
parcourant un sentier unique dans la vie, et
chacune laissant un passé qui lui est propre !
Ce n'est pas seulement un peuple qui diffère
d'un peuple, c'est la caste qui se dessine dans
un peuple, c'est la famille dans la caste, c'est
l'individu dans la famille, c'est l'individu qui
diffère de l'individu. Quelle est donc la cause
suprême qui tira de l'unité primitive de la créa-

tion, cette éclatante variété? Quel est celui
qui du type éternel de la race humaine, fit surgir
ces insaisissables physionomies qui frappent et
vous étonnent? Comment sur cette face d'homme si simple a-t-on su écrire tant d'incroyables
choses, *cosi dolci accenti, cosi orribili favelle!*

Les phénomènes du monde qui enveloppent
et pénètrent l'homme de toutes parts, ont dû
modifier sa flexible nature; mais leur influence
a été plutôt physique que morale. Ce n'est pas
dans la langue de Monton de Montesquieu que
nous trouverons le principe qui constitue la
nationalité; c'est par les idées qu'un homme
diffère d'un homme, et c'est par les idées
qu'une société se distingue d'une autre société.
Lorsque deux intelligences s'abreuvent à la
même source, que deux cœurs vibrent à l'u-
nisson, que deux ames versent dans la même
coupe et leurs joies et leurs douleurs; alors il
y a paix, il y a harmonie, il y a société. Un
peuple est une réunion d'individus qui pendant des siècles ont vécu de la même idée,
respiré sous le même ciel, pleuré sur la même
terre, prié le même dieu. Otez à ces peuples la

pensée commune qui les sustente et le temps
pendant lequel ils s'en sont nourris, et il n'y a
pas de raison pour qu'un Turc ne soit un Anglais, qu'un Français ne soit un Chinois. Les
nations sont filles du temps et de la communauté de souvenirs. C'est par les souvenirs que
vivent les peuples, et qu'ils nourrissent l'a-
mour de leur indépendance. C'est contre les
souvenirs que se brisent les conquérants et les
despotes; c'est à rompre cette chaîne de la
pensée nationale que tendent leurs efforts, et
c'est à sa résistance que nous devons la gloire
de l'humanité. *On n'emporte pas la patrie sous
la semelle de ses souliers*, a dit Danton : ce mot
est admirable de vérité. Non, on n'emporte pas
la patrie! La patrie n'est ni dans la richesse, ni
dans la puissance, ni dans les abstractions des
philosophes. Elle est dans les lieux qui vous
ont vu naître, dans la chaumière où vous avez
été bercé, dans le ruisseau qui serpente au bas
de la colline, dans le chant maternel. Elle est
dans ces ineffables souvenirs des premiers jours
de la vie qui se gravent en vous, s'attachent
en vous, se font chair, se font os, grandissent
et meurent avec vous, et vous suivent depuis

l'échafaud jusque sur le trône du monde.
L'esprit humain peut s'étendre, parcourir l'im-
mensité de l'espace, aller s'asseoir à côté même
de Dieu; l'individu ne pourra jamais quitter
le coin de terre où il essaya ses premiers pas,
où il versa ses premières larmes, car il y tient
par le fil des souvenirs. Homme! par ta pensée,
tu peux être le citoyen du monde; par tes
souvenirs, tu n'es qu'un faible roseau qui ne
saurait vivre loin des bords qui baignent tes
racines. O Providence, que tu es belle!

La raison ne se laisse borner ni par une
pierre, ni par un poteau; elle s'indigne de
tout ce qui est mal, du knout dont on frappe
le Russe, comme de l'oppression de l'esclave in-
dien, sous la main républicaine de l'épicier de
l'Amérique. Les souvenirs, au contraire, sont
arrêtés par toute chose, par une haie, par un
fossé; ils tiennent à une feuille, à un arbre;
ils s'épandent autour de vous, se multiplient
en mille rameaux, s'impriment sur tous les objets. C'est le fauteuil de votre aïeul, C'est la
grande allée du château, c'est la mousse qui
croît sur un vieux mur, c'est un baiser de mon

amie d'enfance. L'humanité est une par la
raison, elle est multiple par les souvenirs; la
science est une, parce qu'elle est fille de la
raison; mais la poésie est variée comme la nature, parce qu'elle naît dans le cœur de l'homme
doux, berceau des souvenirs; la poésie est in-
traduisible, car elle est l'expression intime de
l'individualité; mais une vérité mathématique
est à Paris ce qu'elle est à Philadelphie.

En tout temps et en tout lieu, qu'est-ce que
l'aristocratie? des souvenirs que se transmet-
tent cinq ou six générations de familles; qu'est-
ce qu'une famille? encore des souvenirs. Aussi
la puissance destructive de la révolution fut-
elle obligée de s'arrêter devant les souvenirs;
elle a pu enlever à la noblesse sa prépondérance politique, mais il lui a été impossible
d'anéantir l'aristocratie : il aurait fallu effacer
l'histoire de France. Jamais le Portugais ne voudrait faire partie de la monarchie espagnole;
aucune réforme politique ou religieuse n'étein-
dra la haine que les Irlandais portent à leurs
conquérants; et le gouvernement autrichien
serait aussssi libéral qu'il est cruel et oppresseur,

que l'Italie n'en serait pas moins son plus impla-
cable ennemi. C'est que les souvenirs sont une
source intarissable dans laquelle les peuples
retrempent leur individualité; c'est que les souvenirs sont à l'humanité, ce que l'attraction est
au système du monde.

L'attention de l'homme est faible et circon-
scrite dans sa puissance; et toutes les sciences
sociales ont proclamé que de la division du
travail, dépendait la perfection dans les arts et
la richesse des nations. Si la pensée humaine
se divise en facultés ayant chacune sa sphère
d'action, si dans la société chaque individu se
voue à une industrie particulière, dans l'humanité chaque peuple a sa mission et sa spécialité dans l'œuvre du progrès. L'intelligence
se divise en deux grandes parties : celle de la
conception, et de la réalisation. Passer du monde
de l'abstraction à celui de la réalisation, tra-
verser ces Thermopyles de la raison, détacher
l'idée du vague qui l'enveloppe, la dépouiller
de tout caractère dogmatique, et la réaliser
sans secousses et sans orages, c'est l'œuvre de
l'artiste, c'est toute la civilisation. Certains

hommes sont propres à la conception, certains autres à la réalisation ; rarement la même tête réunit ces deux avantages : il en est de même parmi les peuples.

La Grèce, par exemple, fut dans la haute antiquité la nation réalisatrice par excellence. C'est dans son sein que naquirent les plus grandes vérités sociales ; elle les couva avec amour et les livra à l'humanité, belles et puissantes. La Grèce ne créa presque rien ; elle reçut de l'Asie le germe de toutes choses. Mais il fallait à ce germe, pour fructifier, l'intelligence des peuples helléniques. Ce ne sont pas les bataillons d'Alexandre qui ont conquis l'Asie, c'est l'esprit de la Grèce ; c'est lui qui brisa la tiare du grand roi. Rome succéda à la Grèce, dans la propagande sociale. Celle-ci expirait sous le despotisme des rois macédoniens. Rome prit dans sa main toute la civilisation antique, et y grava son image. Les républiques de la Grèce étaient intelligentes, mais leur moralité était partielle et locale. Rome résuma dans sa puissante synthèse ces fractions de vérités, dont elle tira ce droit itali-

que qui, mis au bout de son épée, devint la
loi du monde. Enfin, un cri de l'humanité
souffrante enfanta le christianisme qui, déchi-
rant l'enveloppe patricienne du droit romain,
appela toutes les nations à la table d'un seul
et vrai Dieu.

Soit qu'on remonte à la race gauloise, soit
qu'on s'arrête après l'assimilation des Francs
dans le peuple conquis, ce qui toujours distingue la nation française, c'est une grande
bravoure, une fastueuse intrépidité, l'amour
de la guerre et le mépris de ses dangers. Vaine,
bruyante, pour apaiser sa sensibilité nerveuse
et occuper son excessive mobilité, il faut qu'elle
piaffe, qu'elle agisse, qu'elle brandisse sa
grande épée, qu'elle soulève sous ses pas des
tourbillons de poussière, et qu'elle se jette tête
baissée dans la mêlée des combats. Ne lui de-
mandez ni trop de discipline ni trop d'obéissance; fière, raisonneuse, elle remplit les camps
du bruit de ses paroles, frémit sous la main
de ses capitaines et s'échappe des rangs. Ce ne
sont pas les dépouilles de l'ennemi qu'elle cherche dans les combats; c'est la gloire! Ce ne

sont pas des conquêtes qu'elle veut, mais des trophées ! Pour elle, tout n'est pas de vaincre, mais de vaincre avec honneur, avec éclat ; elle méprise les ruses de la guerre, la science de la conservation ; elle aime le courage qui s'immole, la force qui brise et renverse. Aussi affectionne-t-elle les combats singuliers, les luttes individuelles, les courses vagabondes, les guerres aventureuses. Voyez ce fier Gaulois nu jusqu'à la ceinture, faisant parade de sa large poitrine, montrant ses bras nerveux, se balançant comme un palmier sur ses hanches saillantes, s'avancer, ainsi désarmé, contre une forêt de piques romaines ? Rien n'est changé en lui, et trente siècles après il dira à la bataille de Fontenoy : *C'est à vous de tirer les premiers, messieurs les Anglais !*

Les guerres entreprises par la France ont un caractère de générosité naïve qu'on ne rencontre nulle part. Au moindre mot elle court aux armes, et ne s'inquiète ni du but de la guerre ni de l'avantage qu'elle en pourra tirer. Il lui suffit qu'il y ait des coups de lance à donner et des lauriers à cueillir. Il n'y a pas de rivage qu'elle n'ait franchi, pas un pouce de terre qu'elle n'ait foulé sous ses pas, et cependant, jamais elle n'a pu conserver une conquête hors du cercle de sa nationalité. Vingt fois elle fut maîtresse de l'Italie, et vingt fois elle en a été chassée par un ennemi moins brave et moins généreux : c'est qu'elle manque de suite dans ses plans; c'est que ses idées sont rapides comme la foudre, et que sa tête étant le passage des progrès de l'humanité, elle n'a pas la constance des peuples retardataires; c'est que trop préoccupée de l'idée générale, elle néglige le fait particulier. Mais aussi, c'est dans sa moralité que gît sa véritable puissance. Que lui importent les conquêtes matérielles, elle qui domine par la sympathie qu'elle inspire? Elle n'a qu'à dire un mot, et les nations s'agitent et se groupent autour d'elle comme une armée en bataille! La riante physionomie du Français, sa pénétrante parole, sa vivacité, sa lucide intelligence, son courage, son désintéressement, son amour pour le faste, les femmes et les plaisirs; toute cette allure de bon compagnon sont des qualités qui lui attachent les peuples et lui donnent un caractère particulier.

On sait combien les Gaulois aimaient à se
vêtir d'étoffes rayées, aux couleurs vives et
tranchantes, à se parer de chaînes, d'anneaux
et de colliers d'or ; ce goût s'est perpétué dans
la nation. Dès le treizième siècle, il avait frappé
l'empereur Frédéric II ; il servit de thême aux
prédicateurs de tout le moyen-âge ; il fut raillé
par les satiriques et mis en scène par Molière ;
cependant il vit encore et vivra toujours.
C'est qu'il est un des éléments fondamentaux
de la personnalité française. Le goût exquis de
ce peuple pour l'élégance du costume, sa rare
délicatesse dans le choix et la distribution des
ornements, sont connus de l'Europe, et aujourd'hui les modes parisiennes sont celles du
monde. Le Français est vain ; il veut briller,
plaire, jouer un rôle ; de là son aimable frivo-
lité et l'attention presque féminine qu'il met à
orner sa personne de cent colifichets. Ce n'est
pas la valeur intrinsèque des objets qui le sé-
duit, c'est leur valeur relative ; ce n'est pas par
la richesse des habits qu'il se distingue, mais
par leur élégance ; tout est forme en lui, tout
est valeur de convention. De là dérive également son penchant très remarquable, pour la
société des femmes.

La femme émancipée par le christianisme n'a
jamais été véritablement libre qu'en France. Il
est vrai qu'en France on l'a déshéritée de tout
droit politique, mais en revanche on lui a
donné la royauté de la famille. La femme est
l'élément fondamental et primitif de la société.
Partout où elle est esclave règne le despotisme;
partout où les lois ou les mœurs l'élèvent au
rang de l'homme, là existe une certaine liberté.
La femme est toute actuelle, ses peines et ses
plaisirs sont instantanés; le passé lui échappe
comme une ombre légère, et elle ne comprend
l'avenir que du jour où Dieu la rend mère.
C'est par le cœur qu'elle juge le monde, et ses
regards s'arrêtent presque toujours à la surface des choses. Aussi aime-t-elle l'éclat et le
mouvement extérieur; aussi veut-elle que pour
lui plaire, l'homme se transforme en valeur sociale, qu'il monétise son intelligence, qu'il
descende de son moi égoïste, et qu'il traduise
sa capacité en faits utiles et palpables. Elle ne
comprend rien à l'abstraction et ne s'intéresse
qu'à la réalité; elle aime la puissance, mais la
puissance qui se manifeste; elle recherche la force, mais celle qui sait vaincre. Tout se coordonne

autour de la femme, et le cercle tracé par le bas de sa robe, est le premier cercle de la légalité.

L'homme ou le peuple qui vit moralement avec la femme subit infailliblement son influence, qui est toute favorable au développement de ses facultés sociales. Il y a long-temps qu'on parle en Europe de la politesse française; et qu'est-ce que la politesse, si ce n'est la civilisation. Dans le code de la politesse française au dix-huitième siècle, il y a toute la révolution de 89; car la politesse n'est autre chose que la loi de l'égalité humaine réduite aux proportions de la vie ordinaire; aussi il n'y a rien dans la politesse qui ne soit dans la morale. Le peuple français, qui a tant de condescendance et de respect pour la femme, est également celui qui a le mieux compris la science de la vie; il possédait la liberté bien avant qu'on songeât aux constitutions politiques et à la pondération des pouvoirs. La société française est très remarquable dans ses lois intérieures et dans ses minutieuses prescriptions; c'est l'analyse parfaite de l'activité humaine. Là, tout est prévu, tout est classé; pas un acte de la volonté, pas une démarche qui ne soit jugée par un code sévère, connu et admis de tous. Un salon français est le type d'une société bien ordonnée; il y règne une grande unité dans les manières et dans le costume. Pas une chaise qui ne soit sur la ligne tracée par la maîtresse de la maison, pas un bout de cravate qui fasse saillie, pas une pose qui ne soit celle de tout le monde, pas une parole qui trouble l'harmonie générale. Toutefois, cette rigoureuse uniformité dans les actes extérieurs, est accompagnée de la plus parfaite égalité. Une fois le seuil de la porte franchi, vous êtes l'égal de tout le monde, du duc, du prince, traité avec les mêmes égards et la même distinction. Vous pouvez tout dire alors, exprimer toutes vos idées, parce que la puissance qui vous écoute et que vous cotoyez s'entoure de la politesse pour rapprocher les rangs et adoucir les distinctions; car c'est surtout l'unité qui caractérise la société française. Mœurs, langage, costume, habitations, etc., tout y est soumis; et vous ne pouvez vous en écarter sans être frappé par le ridicule, arme toute française, parce que le ridicule est fils de l'unité sociale. Aussi le Français est-il avant

tout imitateur; il veut faire ce que fait tout le
monde; rarement il ose s'écarter du groupe de
la majorité. Il se polit, il s'efface, il est clair,
il est aimable, parce qu'il veut qu'on le com-
prenne et qu'on l'aime. En littérature, en peinture, dans les arts, dans les mœurs, dans la
politique, il ne voudra que ce qui est large,
ce qui convient à tous les hommes, ce qui est
social.

Cette pétulance, ce besoin d'agir, d'aller,
d'occuper le monde de sa personne et de ses
actes; cette absence de tout mystère dans les
faits les plus intimes de la conscience; ce penchant irrésistible à parler haut, à tout dire, à
tout avouer, et à livrer son ame aux regards
de la foule; cet amour pour la parure, les
femmes et les plaisirs qui caractérisent la nation française de tous les siècles, sont la manifestation éclatante d'une faculté de l'esprit humain, de la faculté de l'artiste, le réalisateur
par excellence.

L'esprit de la France est d'une rare et énergique simplicité. N'entrant pas très avant dans

les mystères de la connaissance absolue, crai-
gnant de s'égarer dans les profondeurs de l'ê-
tre, il reste sur les bords du monde positif;
toujours jeune, il aime les joies de la terre, le
soleil et la nature. Ses conceptions manquent
peut-être de force; il n'a pas le vol audacieux
de la spontanéité, mais il est clair et indu-
strieux. Il ne se tient pas comme l'esprit ger-
manique dans des cimes inaccessibles, il n'apparaît pas sous de mystérieuses incarnations;
il est facile et sympathique. A peine l'idée y
est-elle éclose, qu'elle recherche les applau-
dissements de la foule. Il lui faut de blanches
mains, de doux regards qui l'approuvent et
l'encouragent. Eminemment naïve, elle a foi en
sa puissance et en sa destinée; elle aime à se
communiquer, à se faire comprendre, à s'entendre répéter par l'écho des masses. C'est surtout l'étonnante rapidité avec laquelle il passe
de la conception à la réalisation, de la théorie
à la pratique, qui caractérise l'esprit français.

Aucun peuple de nos jours n'a le bras aussi
près de l'intellect. Entre l'abstraction et la forme, entre la pensée et l'art, c'est-à-dire entre
le ciel et la terre, il n'y a pour lui qu'un court

passage qu'il franchit en un bond! La science, dans son incessante curiosité, a-t-elle soulevé le voile d'une vérité nouvelle? La France demande aussitôt : *A quoi bon cela?* Si la réponse n'est pas claire, si le résultat qu'on peut en attendre n'est pas prochain, la France sourit et passe outre. Ce qu'elle conçoit aujourd'hui, elle le formule demain. On pourrait diviser l'Europe en trois parties : le Nord, y compris l'Angleterre, serait l'abstraction ; le Midi, c'est-à-dire, l'Espagne, l'Italie et la Grèce, la poésie; et la France formerait le saint-esprit de cette trinité sociale, le bon sens pratique, organe conciliateur qui se tient sur la grande route de la civilisation, qui prête une oreille à Dieu et l'autre à l'humanité.

La pensée française est une perpétuelle affirmation, parce que c'est la pensée de la vie. Elle aime à causer et à partager sa foi. Ne lui confiez rien, elle le divulguerait aussitôt; il faut qu'elle dise et formule tout. Depuis la chute de l'empire romain, pas une vérité ne s'est assise dans la société sans sa participation, c'est elle qui a raffermi la papauté, qui a été

son bras séculier et le soutien de sa redoutable hiérarchie. Elle a fait les croisades, créé la
chevalerie, les ordres militaires; c'est en France
que la féodalité poussa ses vigoureuses racines;
c'est en France que l'architecture gothique dé-
ploya d'abord sa magnificence, et c'est à la
France qu'appartient toute la poésie du moyen-
âge. A toutes les grandes époques de l'histoire,
la France s'est levée comme un seul homme
pour propager le progrès! Au onzième siècle,
elle fit de la propagande catholique; au dix-
septième, elle prêcha la monarchie; au dix-
huitième, elle démocratisa le monde. Toujours
logique, toujours conséquente, aux accents de
saint Bernard, elle entraîne l'Occident au tombeau du Christ; du *cogito* de Descartes, elle
tire, *l'état, c'est moi!* de Louis XIV; et du
contrat social de Rousseau, la révolution de 89.

L'idée n'a cours en Europe qu'après avoir
été frappée au coin de la moralité française,
et en avoir reçu sa valeur commerciale. Lorsque Luther s'insurgea contre la monarchie catholique, c'est la France qui fut le théâtre de
cet immortel combat. La papauté savait bien

que si la France acceptait la réforme, c'en était
fait de son existence : aussi l'étreignit-elle de
toutes ses forces. Philippe II et Élisabeth d'Angleterre, ces deux représentants du passé et de
l'avenir, se disputèrent la France comme le gage
certain de la conquête du monde; et si la papauté existe encore, c'est que la France est
restée catholique. L'Angleterre, qui depuis
tant de siècles bouillonne dans son île comme
dans une immense chaudière, qui depuis
deux cents ans est en possession de sa trinité
constitutionnelle, l'Angleterre n'a rien fait pour
l'humanité. Close dans son moi solitaire, elle
absorbe tout ce qu'elle répand et s'engraisse
de sa propre substance. Elle a fait dix révolutions, tué un roi, créé une république; eh
bien ! l'Europe n'en a pas même sourcillé,
parce que l'Europe comprenait que l'Angleterre n'avait rien de sympathique, et que,
renfermée dans son égoïsme national, elle ne
possédait rien de ce qui fait palpiter le cœur
des peuples, rien de social. Mais que la France
s'avise de l'imiter, et vous verrez tous les rois
de l'Europe la cerner comme une bête féroce.
C'est que la pensée française a la puissance

de généraliser; c'est que le plus petit grain qui tombe dans son sein grandit, devient chêne immense, et couvre le monde de son ombrage; c'est que la France est humaine, sociale et veut la propagande. Oui, la France veut la propagande ! Tous les grands pouvoirs qui l'ont gouvernée ont fait de la propagande; sans la propagande, le Français est le dernier peuple de l'Europe. Sans physionomie, sans originalité, sans profondeur, il n'est fort que par son caractère représentatif. Croyez-vous que c'est pour avoir ergoté sur quelques articles de la Charte que les Manuel, les Foy, les Benjamin Constant sont admirés de l'Europe? C'est parce qu'ils défendaient la liberté de l'esprit humain.

Voyez la langue où s'empreint le caractère national ! de Ville-Harduin à Châteaubriand elle ne s'est pas écartée d'un degré de sa forme primitive. Les mots ont roulé avec les siècles, et ont subi leurs modifications, mais l'esprit en est resté toujours le même; claire, transparente, la pensée coule sous la phrase comme le poisson sous une onde limpide; tout le monde

l'y voit circuler; sans détours, sans mystère,
comme la pensée française, elle croit en sa
puissance, elle affirme toujours. Point de pro-
position possible sans conclusion, sans un fait,
sans une réalisation : le verbe, tout à côté du
nom, comme l'action de la conception, comme
l'art de l'abstraction. Humaine, sociale, tout le
monde la sait, tout le monde la parle; langue
éminemment populaire, le substantif y précède
l'adjectif, comme la substance précède la modification, comme le peuple préexiste à l'aristocratie; vive causeuse, c'est la langue des
affaires et de la vie. Fille de presque tous les
dialectes de l'Europe, elle a vu le jour en
même temps que la société moderne: elle a
grandi avec elle. Au douzième siècle, elle est
naïve comme les croisades; au seizième, mo-
queuse et mordante comme la réforme; au
dix-septième, forte et majestueuse comme la
monarchie de Louis XIV; et au dix-huitième,
audacieuse, agressive comme la révolution de
89. C'est surtout sa prose qui est admirable,
rien ne lui est comparable; et la prose, c'est
l'esprit, la force d'une langue, le signe infail-
lible auquel on reconnaît les progrès d'un

peuple. Enfin, la langue française est une langue démocratique et de propagande, telle qu'il la fallait à un peuple social et généralisateur, qui de nos jours est à la tête du monde civilisé.

III.

DU PARTI ROYALISTE.

Un siècle irrévérencieux, un siècle superbe ébranla de son rire insultant la foi antique des peuples. La France fut bouleversée, ses vieilles institutions livrées aux caprices de la foule, et une royauté aussi ancienne que la nation baigna de son sang innocent le billot des criminels,

qui devint l'autel du monde régénéré. Tout disparut du sol de la patrie. Les passions s'échappèrent avec un épouvantable fracas du sein des
peuples, comme les vents de la caverne d'Eole,
et emportèrent dans leur sublime orage, mœurs,
croyances et sécurité. Une nouvelle génération,
délirante de liberté, rompit la chaîne des temps,
renia le passé, plongea sa main audacieuse dans
les entrailles de l'état, effaça toute distinction
sociale, dispersa la famille, jeta aux vents les
cendres de ses pères, et, comme le fossoyeur
dans un temps d'épidémie, elle s'assit en riant
sur la charrette qui traînait à la voirie ses innombrables victimes! puis la révolution s'élance
sur l'Europe féodale, et pendant quarante ans
l'asservit à ses lois. Enfin, les peuples, fatigués
du despotisme d'un héros républicain, qui
avait chaussé les brodequins d'or de Charle-
magne, rompent les rangs, et laissent tomber
ce colosse qui, parce que sa tête touchait au
ciel, avait oublié qu'il était monté sur les épau-
les des nations.

La maison des Bourbons revint régner sur
la France. Tout pour elle avait changé d'aspect,

lois, mœurs, langage, jusqu'au palais de ses
ancêtres. La vieille France n'était plus, on
ignorait même qu'il existât une postérité de
Louis XIV. La nation était divisée en deux
camps formidables; l'un nombreux et vaincu,
mais après cinquante ans de victoires; l'autre
faible et souffrant, mais appuyé d'un million
de bayonnettes étrangères; c'est entre ces deux
partis qu'apparut Louis XVIII, la charte à la
main, les sommant d'oublier tout ce qui s'é-
tait passé, et de fondre dans un harmonieux
ensemble la société nouvelle. Il était de l'intérêt des émigrés d'accepter cette transaction,
et de reconnaître les changements faits si douloureusement par la révolution; de se mêler
dans les rangs de la nation et de réchauffer
leurs vieux os à son souffle puissant. Mais le
royaliste inflexible recula devant cette fusion;
étourdi par le bruit discordant de tant de voix
inconnues, il s'enfuit épouvanté et court s'en-
fermer dans son vieux castel, où, sous l'âtre
seigneurial, il se prosterne devant Dieu et son
roi, les uniques symboles de sa croyance.

Cependant, l'esprit innovateur de 89 mar-

chait en avant ; il se faisait jour par toutes fissures de la monarchie légitime ; il frappait de
son fouet tout ce qui s'opposait à son passage :
il fallait ou se faire le compagnon de son
voyage, ou périr sous les roues de son char.
Mais le royaliste, plongé dans la contemplation de ses vieilles idées, n'entendait pas la révolution qui grondait au dehors et qui faisait
résonner son sabre impérial sur le pavé des
cités. Inébranlable dans ses sentiments, il dé-
tournait les yeux d'un siècle inconcevable ; il
se serrait contre l'autel sacré de la famille, et il
abandonnait Ilion en proie à ses vainqueurs.
Mais son fils, ne pouvant résister aux illusions
de son âge et de son époque, se tenait sur le
seuil de la maison paternelle, d'où il contemplait le mouvement du siècle; et prêt à se mêler à la foule joyeuse qui passe, il s'arrête à la
voix languissante de son père qui lui dit : O
mon fils ! où vas-tu !...

Lorsque dans le sein de l'humanité éclate
une de ces révolutions que nécessite la marche
des idées, la génération contemporaine, celle
qui réalise le progrès, est rarement aussi pure

que le principe dont elle est l'expression. Toujours la pensée générale est torturée dans le
cœur de l'homme, toujours la liqueur se res-
sent de la corruption du vase. Ce n'est que bien
long-temps après, lorsque la société a étanché
le sang de ses blessures, que se fait sentir le
bien de la réforme, et que les actions s'harmo-
nisent avec les doctrines. La génération révolutionnaire de 89, animée d'abord d'un sentiment noble et juste, voulut débarrasser l'état
d'abus intolérables, sans porter atteinte aux
existences individuelles, sans toucher aux bases
fondamentales de tout corps politique. Mais
irritée par la résistance des vieux intérêts,
enflammée par une prompte victoire, elle dé-
passa le but qu'elle s'était proposé. Entraînée
par son élan, enorgueillie de sa nouvelle puissance, elle voulut tout refaire, tout changer.
Dépouillée de tout principe, sans rien de fixe
dans la conscience pour résister au torrent, la
génération de 89 fut l'écolière imbécille de tous
les sophistes, l'esclave de tous les fourbes qui
voulurent la commander. Elle se laissa égorger
par la Montagne, avilir par le directoire, ca-
serner par Napoléon. Elle avait proclamé la

liberté, juré de maintenir dix ou douze constitutions, détruit la noblesse, tué la royauté,
proscrit les prêtres catholiques; on déchira
ses constitutions, on l'empêcha d'écrire et de
penser, on lui imposa un nouveau roi, une
nouvelle noblesse, de nouveaux prêtres; on la
fit aller à la messe. Flétrie par tous les gouvernements, elle tomba de chute en chute
dans la plus vile abjection; on en fit de la chair
à guillotine, de la chair à canon; elle se vau-
tra dans les antichambres de tous les gueux
enrichis, de tous les fripons échappés au gibet;
et de nos jours encore ses restes impurs salis-
sent le palais de la royauté nouvelle!

Dans ce mémorable naufrage de la société
française, dans cette immense déroute où chaque soldat, ayant perdu son drapeau, errait au
hasard et expirait isolé, il est beau de voir le
royaliste ferme dans ses sentiments politiques,
inébranlable dans ses croyances religieuses,
ne se laisser abattre ni par l'exil, ni par la
spoliation, ni par la misère; croire à la royauté
malgré les succès de la république, croire au
catholicisme malgré les philosophes et les ja-

cobins, croire à la légitimité malgré sa chute
de tous les trônes de l'Europe; ne se laisser
décourager ni par les victoires de la Convention, ni par les conquêtes de l'empire; regarder sans fléchir les antiques dynasties se
prosterner aux pieds d'un plébéien, et se
disputer l'honneur de lui baiser ses bottes
impériales ; résister aux appas du génie et de
la gloire ; et, malgré tant de revers, s'atta-
cher pour jamais au culte du malheur, au
culte d'une famille infortunée ! Cela est beau,
cela est admirable, et le sera éternellement !
Eh ! qui le nie? Le parti royaliste n'a jamais
compris son époque; il s'est heurté en insensé
contre d'insurmontables obstacles; avec plus
de clairvoyance et moins d'entêtement, il aurait tout concilié : ses croyances et ses intérêts,
le bonheur du pays et la consolidation de la légitimité. Cela est incontestable, en le considé-
rant comme parti politique ; mais comme homme, que la pose du royaliste est noble, que
son regard est doux et ferme, au milieu de ce
débordement, dans cette orgie des passions
populaires, dans ce pêle-mêle, dans cet avor-
tement de tant de systèmes, de tant de reli-

gions, de tant de réformes! L'esprit du philosophe s'arrête avec bonheur sur cette physionomie du royaliste, si calme, si souffrante, si
dévouée, si pleine de foi et d'amour, qui refuse un mensonge quand un mensonge peut la
sauver; qui résiste à l'éclat des faux dieux,
aux paroles captieuses des faux prophètes, aux
séductions de la victoire et de la prospérité; et
qui souffre et meurt pour Jésus et pour ses rois!

Comparez le royaliste à ces hommes de l'empire, à ces soldats républicains qui immolèrent
la république; et qui, après s'être gorgés des
dépouilles du monde, trahirent le héros qui
les tira de la boue, et qui couvrit leur nudité
d'un manteau ducal! il y en eut jusqu'à trois
qui s'immortalisèrent à le suivre sur son île
solitaire; tout le reste se coucha à plat-ventre
devant la légitimité. L'un s'en fit le suisse, un
autre le bedeau, un autre le gendarme; tous
renièrent la révolution et ses principes. Puis
ils abandonnèrent la restauration; et aujour-
d'hui ils font de l'aristocratie en mauvais français, au bruit des éclats de rire et des sifflets
de l'Europe! Comparez et jugez!

Chez tous les peuples du monde, il a toujours
existé une classe d'individus qui, par leurs richesses, leur gloire ou celle de leurs ancêtres,
se distinguaient de la masse nationale, et con-
stituaient quelquefois un corps nombreux et
puissant. Les sociétés ne se fondent et ne se
consolident que par la bravoure et le génie de
quelques hommes, dont le nom et les travaux
passent à la postérité. Rien ne se fait de grand
sans le peuple ; mais il faut une main qui le
guide et qui économise sa puissance. Or, pour
que la société trouve des hommes qui se
vouent à son salut, de ces hommes qui s'enfoncent dans la mêlée des combats et se brûlent
le poing au brasier de Porcenna, il faut qu'elle
les honore, qu'elle les salue, qu'elle les désigne
du doigt et leur dise : « Votre gloire rejaillira
» sur vos proches ; après vous, vos enfants se-
» ront illustres et honorés. » Il n'y aurait pas
de société possible sans ce sentiment de conservation qui est au fond de notre cœur. L'homme, ce fragile et passager symbole d'une pensée éternelle, veut rester sur la terre le plus
long-temps possible ; il veut y laisser au moins
la trace de ses pas. L'espoir de l'immortalité de

l'ame, l'amour de la paternité ne sont qu'un
développement de ce sentiment social. On ne
creuse pas un fossé, on ne plante pas un arbre,
que ce ne soit en vue du bonheur de sa postérité. Otez à l'homme ce sentiment, et vous
paralysez ses forces, vous anéantissez ses facultés, vous n'en faites qu'un égoïste qui broute
et digère, jusqu'à ce qu'il rende à la boue, ce
que la boue lui a prêté. Qui dit société, dit
conservation, dit héritage, dans tous les siècles et dans tous les pays.

Il est donc naturel que le général, que le
magistrat intègre, que le grand capitaine dé-
sire laisser à sa postérité son nom, son illustra-
tion et les avantages qui en dérivent. Que dis-
je? il le voudrait, qu'il ne pourrait pas leur
ravir ce précieux héritage. L'esprit humain
repousse un pareil infanticide. Les individus,
comme les peuples, répondent des actions de
leurs ancêtres. Le passé pèse sur chacun de
nous, il nous élève ou nous écrase. Quoi que
vous en disiez, vous ne pouvez regarder sans
frémir le fils innocent d'un assassin; et malgré
notre égalité, présentez à la France les enfants

du maréchal Ney et ceux d'un goujat, et vous verrez devant qui s'inclinera la foule. Dans la vie tout s'enchaîne, tout se succède; chaque jour, chaque heure influe même sur notre courte existence individuelle. Que d'hommes succombent sous une page de leur propre histoire! Que de nobles caractères ne peuvent soulever le poids accablant de trois lignes de leur passé, et s'enfoncent sur la terre qui les porte. Que serait la société sans cette solidarité? un chaos épouvantable, une émeute d'individualités, sans affection, sans amour. Aussi les témoignages de l'histoire sont-ils nombreux et irrécusables. En Grèce, à Rome, au moyen-âge, partout il a existé une classe noble, placée haut dans l'estime du pays, composée des hommes les plus riches, les plus illustres et les plus capables. Là, venaient se grouper tous les souvenirs de la patrie, toutes les gloires; c'est de là que sortaient les grands capitaines, les grands hommes d'état. Les barbares eux-mêmes avaient des familles d'élite, d'où ils tiraient les chefs, qui les conduisirent à la conquête du monde. La science gouvernementale des temps modernes doit consister à bien réor-

ganiser cette phalange, à la poser d'une main
ferme au centre de la société; à prendre garde
surtout que, comme un corps opaque, elle
n'intercepte au peuple les rayons de l'état, et
à l'état la force du peuple. Composez-la de nobles cœurs, de fortes têtes, rendez son approche facile au mérite quel qu'il soit, de tous les
rangs, de toutes les fortunes. L'église catholique elle-même ne fut-elle pas obligée de divi-
niser ses chefs et d'en faire des saints? Organisez donc, organisez, où vous serez débordés
par une oligarchie de brouillons et de financiers, qui prendront la place de la vertu et du
talent. Ne vous laissez pas effrayer par les
aboyeurs ignorants, par l'envieuse médiocrité,
par la guenille littéraire qui hait tout ce qui
n'est pas couvert de sa fange, tout ce qui n'a
pas sa fureur et ses vices.

Avant la révolution de 89, la noblesse française était l'aristocratie la plus illustre de l'Europe. Le nom de chacun de ses membres rap-
pelait une gloire de la patrie, et son histoire
était celle de la nation. Après avoir été brisée
par Richelieu, elle se serra autour de la royau-

té comme les lévites autour du tabernacle, et
se laissa ensevelir sous les ruines du temple.
On l'a beaucoup calomniée depuis quarante
ans ; et cela n'a rien qui nous étonne, c'est le
sort de tous les vaincus. Mais nous croyons
que le temps de sa réhabilitation est enfin arrivé. La noblesse française se distingua toujours par sa rare élégance, ses bonnes manières
et son urbanité. *Et c'est pour cela*, dit Charles-Quint, *qu'on aime partout le chevalier français.*
C'est la seule aristocratie qui ait su user de la
puissance, sans joindre l'insulte au privilége,
et qui ait eu pour principe constant d'être plus
poli, plus aimable, plus empressée envers les
inférieurs, qu'envers les princes et les rois. La
porte de ses palais était toujours ouverte au
mérite qui honorait l'esprit humain; ses salons
étaient de véritables républiques, où, sous une
noble discipline, régnait la plus parfaite liberté. C'est dans ces salons dorés, au milieu d'une
société éclatante d'esprit et de beauté, que le
philosophe venait prêcher ses doctrines sociales, et préparer la révolution qui devait engloutir la monarchie et ses défenseurs. La littérature française doit à la noblesse sa pureté; la

cour de Louis XIV fut une source intarissable où les grands écrivains allaient puiser la
science de la vie et cette analyse du cœur humain qu'on n'a pas surpassée.

De nos jours, le parti royaliste est formé des
débris de la noblesse française, de tous ceux
qui vivaient des abus et de la munificence de
l'ancienne monarchie, et de ce groupe d'ames
pieuses et sincères qui croient à la légitimité
d'une race royale au gouvernement d'un pays,
comme à la révélation de Dieu. Deux éléments
forment la base de la moralité de ce parti politique : l'élément aristocratique, et l'élément religieux. La noblesse française a parfaitement compris qu'une des principales causes de la chute de
la royauté, ce fut la guerre que les philosophes du dix-huitième siècle firent au catholicisme. Voltaire, ce grand capitaine, avait bien
aperçu le côté faible de la société féodale, et
il sentit qu'on ne pouvait entrer dans le donjon qu'en enfonçant les portes de l'église. Aussi
s'arma-t-il de toutes pièces pour ce siége mémorable ; poésies épiques, tragédies, contes,
vers et prose, tout lui fut bon ; et il n'y a que

des imbécilles qui puissent reprocher à cette grande intelligence ses railleries, ses citations tronquées, ses traits acérés, et tous les strata- gèmes d'un habile général. Le but de la guerre, c'est de vaincre; et il n'y a que les enfants qui, avant de se battre, se disent : *Tu ne me frap- peras ni à la tête ni au ventre!*

L'idée fondamentale du parti légitimiste, l'idée qui engendre la cité, c'est la famille. La famille antique avait un gouvernement des- potique, le chef en était le tyran, ses femmes et ses enfants étaient des esclaves. Le christia- nisme commença la révolution du monde en reconstruisant la famille ; il en simplifia les lois, en purifia le sanctuaire en y jetant le parfum de sa sainte morale ; il restreignit l'autorité du chef, donna la liberté à la femme et aux en- fants, les groupa autour de leur père, et lui en fit une couronne, symbole de son autorité constitutionnelle. Le légitimiste voit dans la famille chrétienne le type sacré et immuable de toute organisation sociale; dans la royauté, l'image de l'autorité paternelle; dans les enfants, celle des peuples.

5

Le droit au gouvernement d'un pays qu'une dynastie tire des entrailles du passé, n'est pas une vaine fiction inventée par des rhéteurs. Le temps, cette source primitive de tout droit, sanctifie tout ce qu'il touche et pénètre. La volonté individuelle qui ne peut rien par elle-même, peut tout, dès-lors que le temps l'a marquée au front du signe de son baptême. Elle se dépouille par là de sa personnalité, elle s'épure, grandit, s'élève à la dignité de principe, et comme tel, elle reçoit l'hommage de l'humanité. *Il manque un siècle à ma dynastie*, disait Napoléon. C'est ainsi que pensent tous les usurpateurs. Dans les fables de l'antiquité, nous voyons le législateur faire légitimer ses réformes par un oracle, et retremper sa volonté individuelle dans celle des dieux. La poésie doit une partie de sa force à ce qu'elle est le fruit de l'inspiration, et que l'inspiration est un acte involontaire. Dans la nature, dans les arts, tout ce qui est grand et beau, a un caractère idéal, c'est-à-dire d'impersonnalité. Le sentiment qui nous fait résister à la domination de la volonté individuelle est si fortement enraciné en nous, que dans le langage des convenances, l'indi-

vidualité est obligée de se cacher sous le signe
de la pluralité, *nous*; et dans la conversation,
on est souvent obligé d'attribuer à un autre un
fait, un mot qui, dit en notre propre nom,
perdrait tout son effet. La naïveté elle-même
doit son charme inexprimable à son indépendance de la volonté. Comme la religion, comme l'amour, comme la naissance des fleuves
et le développement des grands hommes, la
loi sociale aime le mystère et se refuse à l'a-
nalyse.

Un seul Dieu régit le monde; un seul homme
gouverne la famille; un seul roi doit commander à la nation : voilà la pensée catholique
dans sa nerveuse simplicité, telle que la conçoit le parti légitimiste. Ce parti est très conséquent et très logique; il va au fond de son idée,
tout en lui respire l'unité, l'ordre, le privilége,
la distinction, la limite. Dans ses doctrines,
le particulier domine le général, l'individu la famille, la famille la caste, la caste la nation, et la
nation domine l'humanité. Il méprise les théories, il ne connaît que des affections, mais vives
et profondes. C'est l'homme individuel qu'il étu-

die, c'est à lui qu'il s'attache, à sa gloire, à ses malheurs; il le suit pas à pas, il écoute ses soupirs, il note ses palpitations, il le tourne et le retourne; il trace son image avec tous ses tics caractéristiques, avec le signe maternel. Vous pouvez compter sur sa gratitude; servez-le bien, et il vous comblera de ses bontés; il vous attirera dans sa vie intime; vous y serez choyé, caressé; vous aurez la meilleure place de son foyer et de sa table. Restez fidèle à ses principes et malgré les révolutions, il sera constant dans son amitié pour vous.

Chose remarquable! ce qui distingue le parti légitimiste du parti républicain, tel qu'il existe depuis 89, c'est une idée plus sociale, c'est un sentiment plus vrai de l'humanité, c'est une plus juste appréciation des besoins de l'homme, c'est une charité plus expansive et plus indulgente! On ne croirait pas que le républicanisme, qui veut la réhabilitation de l'individualité, considère la société comme une sèche abstraction, sur laquelle il cloue les citoyens comme sur un lit de Procuste! Il tranche,

il coupe, il rogne tout ce qui en dépasse sans
se soucier des cris que jettent les victimes. Ce
n'est pas la cité qui est faite pour l'homme,
c'est l'homme qu'il pétrit pour la cité. Dans la
vie intérieure, le républicain se roidit, il crispe
sa face, il comprime la manifestation des affections douces ; il craint les supériorités, il les
jalouse, il les heurte et il les presse dans sa
république, où elles étouffent faute d'air et de
liberté. Aussi, voyez l'étonnant phénomène !
tous les hommes remarquables de la révolution s'échappèrent de la république et vinrent
se réfugier dans la monarchie ! Ceux-là mêmes
qui devaient leur grandeur aux luttes des factions s'inclinèrent aux pieds de la royauté.
Pourquoi cela ? c'est que le royaliste aime l'individualité, c'est qu'il la caresse et qu'il se
range pour la laisser passer, c'est qu'il la salue
de ses acclamations.

S'il est impossible de concevoir une nation
sans supériorités sociales ; si, malgré la plus
ombrageuse égalité, il se forme toujours une
indigne oligarchie qui usurpe la récompense
du courage et de la vertu ; il faut l'avouer, il

n'y a que deux sortes de noblesse tolérables
dans un état bien ordonné : celle que donne
le mérite personnel, et celle qui résulte de l'il-
lustration de la famille. L'homme capable,
l'homme supérieur a bientôt compris la vie ;
fût-il le fils d'un chiffonnier, il a bientôt franchi l'existence animale pour s'élever à la vie
de l'intelligence, à ce dévorant appétit des nobles choses. Au contraire, quelles que soient la
fortune et l'instruction de l'homme médiocre,
jamais il ne pourra assouplir son esprit et prendre goût aux mille détails d'une existence élevée,
s'il ne l'a reçu au sein de la famille, s'il ne l'a
sucé dans les baisers de sa mère. Rien ne peut
suppléer aux divines inspirations de la maison
paternelle, si ce n'est l'esprit. L'homme d'un
mérite ordinaire, qu'on a élevé dans la bonne
compagnie, et à qui on a inspiré le sentiment
des choses honnêtes, se fait aisément pardonner sa médiocrité, qu'il sait cacher sous des
formes polies. Il a contracté l'habitude de com-
primer ses passions devant le monde ; il devient
l'homme agréable qu'on voit avec plaisir, et
avec qui on aime à passer une heure de la
journée.

Sans être poète, musicien, peintre, il aime assez les arts pour comprendre leurs chefs-d'œuvre et s'élever aux sentiments qu'ils expriment. Enfin, il a puisé dans sa première éducation cet amour de la famille, ce culte des aïeux, ce respect pour leur mémoire, ce goût délicat, qui se répandent sur toute sa personne, et qui s'y gravent comme un tatouage ineffaçable. Telles sont les qualités qui distinguent les légitimistes, du reste de la population française.

Malgré la révolution, le parti royaliste est encore très riche, et sa richesse est presque toute territoriale. Comme toutes les aristocraties, il aime le sol ; soit parce qu'il est la source de sa puissance, soit parce que de tout temps il a été le signe de la capacité sociale, soit parce qu'il lui donne les moyens d'exercer un noble patronage. Le royaliste ne se livre pas aux chances de l'industrie ; il vit de ses revenus et passe les trois quarts de l'année à la campagne. Depuis les événements de juillet, il s'occupe surtout d'agriculture. Pendant la restauration, les royalistes s'étaient rangés autour

de l'autorité et lui servaient de rempart contre
les libéraux. Dans les petites villes de province,
dans les chefs-lieux de préfecture, il y avait des
fêtes, des bals, des réunions, beaucoup de
plaisirs. Depuis la dernière révolution, il n'y a
plus de société en province. Si vous en excep-
tez le préfet, le général, le receveur général et
quelques autres fonctionnaires qui, une ou
deux fois par mois, ouvrent leur salon et re-
çoivent leurs subordonnés, vous ne trouverez
en province d'autre société que celle du parti
légitimiste. Ce n'est pas que les fortunes manquent dans le reste de la population ; dans les
villes de fabrique et de commerce, dans les
ports de mer, il y a beaucoup d'aisance, de
grandes richesses, contre lesquelles il serait impossible aux royalistes de lutter ; cependant, il
y a peu de réunions. Tel royaliste vit plus ho-
norablement avec dix mille livres de rente que
tel commerçant avec cinquante mille ! Pourquoi donc ? c'est qu'il est presque aussi difficile
de savoir bien dépenser sa fortune que de l'acquérir ; c'est que la vie a ses principes qui pro-
viennent de certaines idées, de certaines ha-
bitudes, qui sont étrangères à la bourgeoisie.

Lorsque le sentiment de l'individualité aristocratique n'est pas poussé jusqu'au mépris des
autres hommes, il élève l'âme, il la vivifie, il
lui inspire une noble fierté qui lui fait faire de
grandes choses. Le long usage d'une fortune
héréditaire accoutume l'esprit à une position
élevée et aux devoirs qu'elle impose. On y con-
tracte des besoins d'un ordre supérieur ; on
s'accoutume à des jouissances d'élite, à des
plaisirs choisis ; et l'habitude de se voir au-dessus des autres vous en ôte la surprise et l'inso-
lence. On connaît le proverbe !

Telles sont aussi les qualités des légitimistes.
Ils sont riches, ils sont accoutumés à l'être, et
ils usent noblement de leur fortune. Ils ont des
loisirs qu'ils consacrent aux plaisirs de la société ;
ils aiment l'étude, ils aiment les arts. Ils sont
très unis, ils vivent beaucoup en famille, et, dans
les relations particulières, ils ont ces sentiments
chaleureux, ce dévouement, ces affections vives
et constantes qui les distinguent comme parti
politique. Fiers, arrogants même envers ceux
qu'ils soupçonnent leur être contraires, ils sont
bons, faciles, affables, humains pour leurs do-

mestiques, leurs fermiers, et pour tous ceux
qui se groupent autour de leur existence et qui
acceptent leur patronage. Allez aux environs
d'une grande propriété, causez avec les habi-
tants de la campagne, et vous saurez de suite
si c'est un royaliste ou un homme de l'empire
qui habite le château ! Nous avons recueilli à
cet égard des faits étonnants ! Les enfants sont
élevés dans un respect religieux pour l'autorité
paternelle et pour tous les degrés de la paren-
té. On leur apprend de bonne heure à aimer la
vieillesse et à lui rendre les hommages qui lui
sont dus, comme à une image de la légitimité
sociale. L'instruction qu'on leur donne est sévère et variée ; on les force à l'étude des langues vivantes, parce que les malheurs de la
révolution leur ont appris quelle en était l'u-
tilité. Ils aiment surtout l'étude de l'histoire,
parce que l'histoire est le culte du passé, base
de leur religion politique. En général, en province, il n'y a point de vie, point d'élan, point
d'idéal hors de la société des royalistes. Le
peintre, le musicien, l'artiste en tout genre,
ne peut espérer réussir qu'auprès d'eux ; seuls
ils comprennent la vie élégante et la vie de

l'intelligence, et seuls ils savent apprécier les
œuvres qui servent à l'embellir.

Que veut aujourd'hui le parti légitimiste ?
Le retour de la branche aînée des Bourbons et
la reconnaissance de son droit au gouvernement du pays, avec toutes les libertés, toutes
les concessions que rendent nécessaires les progrès du siècle et de la nation. Ces vœux sont-ils
sincères? En masse, les partis sont toujours
vrais. On le voit, ce parti a singulièrement modi-
fié ses doctrines depuis 1830 ! La légitimité
n'est plus un droit divin; n'est plus une famille choisie par la main de Dieu pour gouverner un peuple jusqu'à la consommation des
siècles; c'est un principe d'ordre et de conservation proclamé et reconnu de tous pour la
prospérité générale et le bonheur de chacun. Ce
n'est plus un principe invariable, éternel, fatal
dans sa volonté : loin de là, il se prête aux circonstances, il se prête aux mœurs, il marche
avec le temps, il progresse avec l'humanité. Au
fond, ce n'est autre chose que le principe de
la souveraineté nationale. C'est ainsi que les
individus, les partis et les nations tirent de

leurs blessures le baume qui les guérit et les régénère; c'est ainsi que l'esprit humain, comme le phénix, trouve la vie dans la mort.

En résumant en peu de mots les idées émises dans ce chapitre, en prenant un à un tous les partis qui depuis 89 divisent la France, en examinant les actes dont ils se glorifient, nous ne craignons pas d'assurer que les royalistes, considérés comme individus, sont souvent dignes de l'admiration du philosophe. Fermes dans leur foi, au milieu de l'incrédulité générale; fidèles à leurs serments, à une époque de mensonges et de roués; généreux, humains, charitables, dans un siècle d'égoïsme et de financiers; polis, élégants, honnêtes, en face d'une démocratie tranchante et sauvage; instruits, aimant les arts, sous la prépondérance d'une bourgeoisie lourde et grossière, les royalistes forment la classe la plus éclairée, la plus sociable et la plus avancée de la société française.

Pourquoi donc ce parti ne parviendrait-il à conquérir la France au profit de ses idées?

A notre avis, deux éléments de sa moralité s'y opposent. Par son caractère aristocratique, il s'isole trop de la nation et contrarie la tendance de notre époque vers l'égalité politique ; par son élément catholique, il est contraire à la marche de l'esprit humain, qui voulant la légalité de toutes les croyances, a renoncé pour toujours à la tutelle du prêtre.

IV.

DE LA BOURGEOISIE.

Dans les siècles primitifs de l'humanité, la terre était le partage de quelques êtres qui les premiers en avaient pris possession. Guidés par l'égoïsme, ces patriarches, ces héros constituèrent la société au profit de leur famille, et tracèrent autour de la propriété un cercle fatal qu'il n'était pas permis de franchir. Cependant les hommes se multiplièrent, et à mesure qu'ils arrivaient à la vie, ils frappaient aux portes de la société qu'ils trouvaient closes. Repoussés par la force, ces hommes s'agglomérèrent en dehors de la propriété, et devinrent les instruments de la puissance, les jouets de ses caprices. Puis quelques esclaves, émancipés par la reconnaissance de leur maître, s'assirent à côté du château seigneurial, et à l'aide d'un pécul qu'avait amassé leur sévère économie, ils posèrent les fondements d'une société nouvelle, qui, s'agrandissant de siècle en siècle, finit par envelopper le donjon des patriciens.

La bourgeoisie française est la plus jeune de l'Europe. Au douzième siècle, s'épanouirent au milieu des municipes romains ces belles républiques italiennes qui contenaient une population active, d'une rare aptitude aux affaires positives de la vie. Rien n'est comparable à la bourgeoisie italienne du moyen-âge! elle possédait deux faces de la pensée humaine, qu'on voit rarement réunies ensemble : la finesse égoïste du marchand et l'instinct de l'idéal.

Malgré les nombreux systèmes qui se sont exercés à nous expliquer la naissance des communes françaises, et le développement de la classe moyenne sous la tutelle de nos rois, il est incontestable que la bourgeoisie de nos jours ne date que du dix-huitième siècle. Un des plus beaux caractères des temps modernes, Mme Rolland, nous a laissé, dans ses immortels Mémoires, écrits en attendant la guillotine, une peinture simple et vraie des mœurs et des besoins de la bourgeoisie avant la révolution. Au dix-huitième siècle, la classe moyenne était arrivée à cet état de maturité sociale qui la rend importune à la minorité satisfaite. Elle avait de l'aisance, des lumières; toutes les illustrations étaient dans ses rangs. Laborieuse, économe, modeste, sans luxe et sans dettes, elle n'était rien dans la société légale. La monarchie française était fille du catholicisme; on ne pouvait toucher à l'une sans toucher à l'autre; l'impeccabilité des pontifes avait consacré l'irresponsabilité des rois. Pour borner la volonté royale, il fallait d'abord ébranler l'infaillibilité papale; on ne pouvait proclamer la souveraineté des nations sans proclamer celle des

6

consciences. La bourgeoisie avait des chefs trop
habiles pour s'y tromper; elle attaqua l'Église.

Pour qu'une révolution politique soit utile,
il faut qu'elle ne dépasse pas les lumières de
ceux qui la sollicitent. La liberté ne doit satisfaire que des besoins impérieux et légitimes,
et non pas exciter de coupables désirs. Qu'importe au barbare la liberté de la presse? qu'importe à l'ouvrier pauvre et ignorant le droit
d'être envoyé à la chambre des députés? Tant
que la révolution fut guidée par la main de la
classe moyenne, elle resta pure et sainte. Mais
après la chute des girondins, ces illustres représentants de la bourgeoisie du dix-huitième
siècle, la France devint le vaste charnier des
bourreaux de la Montagne.

Ce qui de nos jours fait le fond de la classe
moyenne, c'est la génération révolutionnaire
de 89. Élevée au milieu des émeutes, dans le
tumulte des camps, privée de l'inappréciable
éducation de la famille, ayant traversé une des
époques les plus orageuses de l'histoire, fati-
guée de sa longue course, saturée de doctrines

sociales, elle veut le repos. Vainement vous
lui criez de prendre haleine et de se remettre
en route; elle veut jouir enfin du bien-être si
chèrement acquis. Elle a vu tant de changements, tant d'innovations; on lui a donné tant
de constitutions, tant de préfaces sociales, que
la tête lui en tourne. Elle veut s'arrêter, poser la
main sur quelque chose de solide qui résiste à
l'orage. D'ailleurs, la classe moyenne fait comme
l'aristocratie, elle condamne les moyens dont
elle s'est servie pour arriver à l'émancipation
politique; elle proclame l'ordre, c'est-à-dire le
respect de ses priviléges. Dans l'immense atelier
social de la révolution de 89, la classe moyenne
n'a pris que deux éléments : la monarchie et la
souveraineté nationale.

Depuis cinquante ans, nous sommes gou-
vernés par les partis extrêmes de la société.
D'abord la basse démocratie s'empare de la
révolution de 89 et jette la France déguenillée
aux pieds de Napoléon; l'empire exalte les passions guerrières et courbe la nation sous le
despotisme du sabre; puis la restauration nous
amène ses capucins et ses talons rouges. Mais

cette grande masse de citoyens laborieux,
cette masse active, intelligente, la force des
peuples; cette classe moyenne, honnête, économe, paisible, centre de l'humanité où tout
aboutit, d'où tout dérive; cette bourgeoisie,
fille de la liberté, composée de tous les talents,
de toutes les capacités, de toutes les industries,
qui aime l'ordre et la paix; cette bourgeoisie
française qui donna le jour à la philosophie
du dix-huitième siècle, quand aura-t-elle un
gouvernement digne d'elle? N'est-il pas temps
de se dépouiller de la vanité des conquêtes, de
refouler ses passions haineuses et dominatri-
ces, pour rentrer dans la véritable nationalité?
N'est-il pas temps qu'un pouvoir véritablement
national et modérateur plante son étendard au
cœur de la patrie, et nous délivre une bonne
fois de l'aristocratie féodale et des rêveries
d'une poignée de factieux de vingt ans? Telle a
été la pensée des hommes de 1830, de ceux qui
se sont groupés autour de la royauté nouvelle,
et qui l'ont escortée dans sa pénible mission.

Cette pensée est grande, juste, et l'histoire
honorera le nom de ceux qui l'ont aperçue, et

qui ont eu le courage de la défendre. La bourgeoisie avait été opprimée par tous les pouvoirs
qui ont pesé sur la France. Elle avait en hor-
reur 93, dont elle avait été la victime; elle avait
abandonné l'empire, qui l'avait ruinée par ses
guerres; elle venait de renverser la restauration, qui voulait la ramener à la féodalité. Il
était donc éminemment politique, éminemment
sage que le gouvernement de 1830 cherchât
l'appui de la bourgeoisie, et se fît l'expression
de ses besoins. D'ailleurs la nation était divisée en plusieurs partis, tous animés de passions
véhémentes et exclusives, dont aucune n'avait
la majorité. La bourgeoisie était la base commune de ces individualités sociales. Elle partageait leurs nobles désirs, qu'elle tempérait par
son bon sens et son amour de la paix. Avec les
républicains, elle voulait la liberté; avec les
bonapartistes, la gloire de la France; et avec
les royalistes, une magistrature héréditaire. En
la prenant pour l'élément fondamental du nouvel ordre de choses, on pouvait espérer de cal-
mer tous les partis, de les dominer par une
force imposante, et de mettre un terme aux
révolutions du monde.

Il n'y a de durable que ce qui est vrai. Tout fait moral, dont on exagère les proportions, grandit un moment pour périr aussitôt. Si vous vous étiez servi de la bourgeoisie pour faire la police de l'intérieur, pour disperser les émeutes et punir les factions; si vous en aviez fait une garde conservatrice de la propriété, et des vérités sociales reconnues de tous, vous en auriez fait une phalange invincible. Mais vous avez remué ses passions, vous avez excité ses cupides désirs; vous lui avez donné de l'ambition, vous l'avez soulevée contre le peuple; vous lui avez fait peur en lui faisant accroire qu'on en voulait à sa fortune; vous avez armé sa poltronnerie d'un fusil, et l'avez lancée sur la place publique. Puis vous l'avez chamarrée de cordons, et vous avez souffert qu'elle humiliât la nation par sa couardise et son ignorance. Voilà la faute, faute immense! Quelles que soient les amères déceptions qu'ait fait éprouver aux cœurs généreux la révolution de 1830, il est facile de défendre la royauté de juillet dans son action intérieure. On peut louer la justesse de son coup d'œil dans l'étude des besoins de la nation, sa vigueur dans la répres-

sion des désordres, sa modération après ses
nombreuses victoires sur les factions armées
pour sa ruine, la constance de ses principes
au milieu des hurlements des partis et du sang
des émeutes.

Mais comment approuver le rôle qu'on a fait
jouer à la France, à l'égard de l'Europe! Comment ne pas s'indigner à ce lâche abandon de
l'amitié des peuples! Comment ne pas flétrir
des paroles les plus acerbes l'ignoble poltronnerie du gouvernement d'une nation grande et
libre, qui s'agenouille devant le plus petit pa-
cha de la sainte-alliance! qui souffre sans mot
dire qu'on égorge ses alliés, qui ferme l'oreille
aux cris de ces infortunés implorant son se-
cours, et qu'il laisse expirer en maudissant le
nom de la France! Que dire d'un gouvernement qui supporte les plus sanglants outrages,
à qui on crache au visage, qui s'essuie sans
proférer une plainte, et qui finit par se faire
le délateur de la liberté et le sbire du despotisme! Non, depuis deux cents ans, aucune
dynastie, aucun gouvernement n'est arrivé au
pouvoir dans des circonstances plus favorables.

Louis XIV arracha la France au bourbier de
la fronde; Louis XV la reçut épuisée par les
guerres et le faste de son aïeul; et son succes-
seur la trouva ruinée par Louis XV et ses ruf-
fiants, et grosse d'une révolution qui lui coûta
la vie. Puis Napoléon la ramassa dans la fange
où l'avait laissée tomber le Directoire, et il la
lègue aux Bourbons couverte d'un million de
soldats étrangers. Vous seuls, hommes de juillet, avez reçu la France forte, riche, glorieuse
et libre, et toute prête à faire la loi au monde,
si elle avait eu des chefs dignes de son courage. Mais vous avez refoulé son ardeur sublime; vous avez ridiculisé les nobles passions;
vous avez soufflé dans son ame généreuse votre haleine empoisonnée, et vous l'avez remplie d'un froid mortel, d'un égoïsme dégoû-
tant, d'une lâche sensualité qui soulève le cœur
et attriste la pensée!

Toutefois, prenez-y garde! ce n'est pas im-
punément qu'on s'écarte des principes sur lesquels repose l'individualité des peuples. De
nos jours, la France est le verbe de l'esprit
humain, et l'organe des progrès du monde;

c'est à ce titre qu'elle est grande et forte. En
écoutant servilement la bourgeoisie, vous avez
fait de la révolution sociale de 1830 une misérable péripétie de ménage ; vous avez mutilé un
fait général ; vous avez isolé la France de ses alliés naturels, et vous avez compromis son indépendance. Mais gardez-vous cependant de vous
fier à la bourgeoisie. Dans une guerre malheu-
reuse, elle rentrerait dans son échoppe et vous
abandonnerait à l'ennemi. Rappelez-vous bien
que la bourgeoisie puissante à la Convention,
laissa périr la Gironde, et qu'elle livra la patrie
au couteau des Montagnards.

Lorsqu'une pensée apparaît au monde, elle
a, comme l'individu, comme la nation en qui
elle se développe, son enfance, sa puberté et
sa vieillesse. Dans l'histoire de l'esprit humain,
ces trois époques de la vie d'une idée correspondent à la poésie, à la prose et à la science ;
et dans celle de l'humanité, au peuple, à la
bourgeoisie, à l'aristocratie. La bourgeoisie est
l'anneau intermédiaire des deux points extrêmes de la civilisation. La pensée est une dans
sa source, mais elle subit toutes les modifica-

tions de la vie extérieure. Conséquemment, chaque individu, chaque nation, chaque classe doit puiser dans les faits qui l'entourent, un genre d'esprit particulier. Or, qu'est-ce qui caractérise la bourgeoisie? le travail, l'ordre, l'économie minutieuse, l'amour des détails, et cette grosse finesse qui ne va ni très haut, ni très bas, qui s'exerce à l'appréciation des intérêts personnels, et que vulgairement on appelle bon sens. Vivant toujours sur le même point, s'agitant dans une sphère étroite, épuisant son existence à combiner des faits presque imperceptibles, les idées du bourgeois ne dépassent pas les objets avec lesquels il vit. Il entend assez bien l'économie de sa famille, la police de ses rues, l'administration de sa commune, balayer le devant de sa boutique et faire la charité sur le palier de sa porte; mais il s'élève difficilement jusqu'au gouvernement d'un grand empire, jusqu'à la dignité d'une grande nation; le bourgeois est l'homme de la localité, de la commune, et rien de plus. Emancipée de hier, la bourgeoisie n'a plus les sentiments du peuple, sa générosité, son courage, sa foi naïve, cette noble poésie du cœur qui

soulève le monde, et fait des miracles ; et cependant elle n'a pas encore l'élégance, l'élévation, la culture, le calme et l'unité d'esprit qui
distinguent l'aristocratie. Pressée entre ces deux
puissances, la bourgeoisie ne possède ni l'ignorance soumise et respectueuse de la première,
ni les lumières et l'urbanité de la seconde. Par-
venue à la propriété par un travail opiniâtre
et une économie de tous les jours, la classe
moyenne actuelle ne comprend ni le dévouement et la sympathie du peuple, ni la charité
protectrice de l'aristocratie. Timide, soupçon-
neuse, elle ne voit que le fait matériel ; elle se
tient terre à terre, craint le mouvement, et ne
se hasarde à marcher que lorsqu'elle est sûre
du terrain sur lequel elle se pose. Avec le gouvernement de l'aristocratie, vous avez le culte
du passé et un vif sentiment de nationalité ;
avec celui du peuple, une incessante aspiration
à l'avenir, le mouvement, le progrès, la vie ;
mais la bourgeoisie n'est que l'expression sta-
tionnaire du présent.

La bourgeoisie française est née d'hier ; elle
a encore les pieds pleins de fange et les mains

ensanglantées, que déjà elle trône du haut de
son échoppe délabrée et se demande : qu'est-
ce que le peuple? On pourrait croire qu'ayant
été opprimée par la noblesse, la classe moyenne
a dû apprendre dans ses propres malheurs à
compatir aux malheurs des autres; qu'ayant
combattu avec le peuple, elle voudra partager
avec lui la liberté conquise ; qu'elle sera douce,
affable, sans prétention, sans morgue, et par-
donnera facilement des fautes dont elle a donné
l'exemple ! Mais telle n'est pas la marche éternelle du cœur humain. La classe moyenne qui,
en attaquant le gouvernement de la minorité
nobiliaire, avait fait un appel énergique à tous
les intérêts, et qui avait pris pour cri de ral-
liement : *Liberté générale !* après le combat,
d'une main liberticide, elle repoussa hors de la
cité légale le peuple qui la suivait en chantant
victoire ! et elle traça autour de sa personnalité
égoïste un cercle imposteur, en disant : *Ici
finit la révolution, ici s'arrête le mouvement !*

Voyez-la, elle s'isole de la nation ! elle craint
la foule, le hâle populaire ! elle se dandine et
se perche sur ses sabots, comme le courtisan

sur ses talons rouges ! elle se grime, elle lâche ces phrases gouvernementales : *Il faut un frein au peuple ! Tout le monde ne peut pas commander ! Chacun doit rester à sa place !* Interrogez le meunier enrichi, il ne sait plus ce que c'est qu'un moulin ; l'épicier ne connaît plus le prix du sucre ; celui-ci ne voit pas son voisin, parce qu'il doit sa fortune à un sac de blé, et que l'autre doit la sienne à une fournée de pain.

L'ignorance de la petite bourgeoisie est un fait qui frappe tous les étrangers. Il est rare de trouver un marchand parlant sa langue, et encore plus qui l'écrive sans les fautes les plus grossières. A table d'hôte, en diligence, au spectacle, dans certains salons, vous rencontrez des hommes couverts d'un bel habit, singeant les bonnes manières, s'exprimant avec politesse ; vous croyez pouvoir échanger quelques idées ; mais vous êtes tiré de votre illusion par un de ces coups qui accusent une civilisation incomplète, et qui vous jettent dans un tout autre monde que celui où vous vous croyez.

C'est surtout dans l'histoire que cette ignorance est incroyable. Si on excepte Napoléon,
dix à douze généraux, quelques orateurs de la
révolution, quelques rois conquérants, la bourgeoisie actuelle ne sait pas une syllabe de
l'histoire de la patrie ; et si l'histoire ne consistait que dans une sèche nomenclature de noms
et de dates, le mal de l'ignorer ne serait pas
grand. Mais la connaissance véritable de l'histoire a une influence incalculable sur la moralité des peuples ; elle élève la pensée, elle vous
fait assister aux drames de l'humanité, elle
inspire le respect du passé. En voyant toujours
les mêmes passions, les mêmes catastrophes
se reproduire de siècle en siècle, on se pénètre
de cette idée, que, malgré la perfectibilité de
l'esprit humain, il y a en lui quelque chose
d'éternel, quelque chose d'inaltérable, que rien
ne saurait modifier. Ignorer ce qui s'est passé
avant nous, vivre tout entier sur les six pieds
de terre que nous foulons, c'est de la bestialité,
c'est le propre du vulgaire, qui puise dans cette
ignorance un aliment à ses passions désordon-
nées. Aussi, moins un peuple connaît l'histoire,
plus il est cruel dans ses révolutions.

Ce que la bourgeoisie actuelle comprend encore moins que l'histoire, ce sont les arts. Depuis quinze ans, on a fait des efforts incroyables pour remuer cette masse de lourds épiciers et pour lui donner un peu de mouvement social. La gravure a multiplié les chefs-d'œuvre, la librairie s'est épuisée en éditions à bon marché, le nombre des théâtres s'est accru; eh bien ! ces efforts sont restés presque impuissants. La classe moyenne est persuadée que les arts ne sont bons qu'à amuser l'oisive opulence, qu'à réchauffer une vie blasée par les plaisirs, ou bien qu'à corrompre la jeunesse et à servir de coupable aliment à ses désordres. En ceci, elle se trompe comme en bien d'autres choses. Les arts, dont le but est la peinture de nos passions et la reproduction des merveilles de la nature, apportent à ceux qui les cultivent et les aiment, à l'homme isolé, au boutiquier, à l'homme spécial, des idées plus larges, des sentiments plus nobles. Ils injectent dans son ame engourdie un sang plus pur et plus généreux ; ils vont le trouver dans sa mansarde, dans son trou, dans son fumier ; ils le secouent, ils l'arrachent à la vie locale, à son égoïsme; ils agrandissent son esprit, ils échauffent son cœur. Alors l'existence prend un tout autre aspect. Nos sensations s'épurent, nos besoins s'ennoblissent, l'homme comprend mieux l'homme, ses joies et ses douleurs; sa sensibilité s'aiguise, ses mœurs se simplifient et s'améliorent. Au lieu d'aller au cabaret manger son argent et perdre la santé, il se plaît dans sa famille. Là, on se distrait à lire quelques pages d'un bon livre, à chanter une romance, et on se nourrit d'émotions douces, l'ame s'épanouit aux idées d'ordre et de liberté. En apprenant à analyser le mécanisme des sociétés, on comprend combien il est difficile de gouverner les hommes. Alors nous sommes plus justes pour ceux qui se vouent à ce pénible ministère; nous devenons moins exigeants et plus soumis aux lois de tout corps politique. Dans l'étude de l'histoire, nous acquérons l'idée consolante du progrès de l'humanité, et dans l'étude des arts et de la nature, celle de l'ineffable grandeur de Dieu.

Voilà ce qui manque à la classe moyenne de nos jours. Son intelligence est toute positive,

ses jouissances grossières, ses besoins tout ma-
tériels : elle mène une existence lourde et mo-
notone; pour elle, la vie est sans poésie et
sans élégance. Quoique riche, elle aime peu la
société ; une ou deux fois par an, elle donnera
un dîner, un bal; alors, on ouvre toutes les
portes, on balaie toutes les chambres, on
frotte, on nettoie, on fourbit tout, on étale la
vaisselle, son linge, ses hardes ; on fait une folle
profusion de viandes, de vins et de liqueurs ;
puis, la journée finie et l'amour-propre satis-
fait, on remet tout à sa place; on ferme les
portes, les jalousies, et durant le reste de l'année, on reste clos chez soi, comme l'escargot
dans sa coquille. Qu'on ne dise pas que ce
sont les défauts de la bourgeoisie de tous les
temps et de tous les pays, on serait dans l'erreur : en Allemagne, en Italie, en Angleterre,
la classe active, laborieuse, est aussi celle qui
a le plus d'instruction. Dans ces pays, on n'est
pas autorisé à être un ignare et un balourd
parce qu'on vend de la toile. Le patriotisme,
les sentiments élevés ne sont pas exclus de la
boutique : allez à Vienne, à Berlin, à Dublin,
à Londres, et vous trouverez des tailleurs, des

cordonniers, des boulangers qui connaîtront
l'histoire de leur pays, qui auront un esprit
cultivé, qui sauront la musique et qui vous
présenteront un mémoire écrit correctement.

Du moins, si avec ce manque d'éducation,
si avec cette absence de bonnes manières et de
sociabilité, la bourgeoisie française avait de la
bonhomie et de la simplicité ; si elle usait avec
modération de son autorité, si elle était facile,
indulgente ; mais loin de là ! Il n'y a pas de noblesse au monde plus orgueilleuse, plus inso-
lente que cette aristocratie du comptoir ! Avec
ses mains calleuses, elle repousse impitoyable-
ment tout ce qui cherche à s'égaler à elle. Humble, servile, lâchement complaisante avec les
forts et les puissants, elle est hautaine, fière,
cruelle même avec les faibles. Le peuple, et
surtout le paysan français, est plein de respect
et de soumission pour les intelligences supé-
rieures à la sienne ; le bourgeois, au contraire,
méprise toutes les puissances morales ; il n'ad-
mire que la force et la richesse ; il sourit niai-
sement à la vue d'un poète, d'un peintre,
d'un musicien ; il les traite de fous, et il ne

peut comprendre comment un état occupe
et récompense ces hommes inutiles. Il faut vivre dans les provinces pour se faire une idée
de la torpeur de la classe moyenne ! tout ce
qu'il y a de vie, de poésie et d'élans généreux
lui est complètement étranger. Aussi, les hommes d'intelligence, les médecins, les avocats,
les artistes en tout genre lui sont-ils tout-à-fait
hostiles ; car ils mourraient de faim s'ils n'a-
vaient pour les soutenir et les comprendre le
peuple et le parti royaliste.

Cependant, dans cette lourde intelligence de
la bourgeoisie, dans ce cœur sans amour, au
milieu de ces passions haineuses, de ces sentiments égoïstes et sans dignité, sous cette
enveloppe grossière, sous ces formes communes, vit un élément de liberté d'une incroyable puissance : c'est la haine du catholicisme.
Sans nous perdre dans d'interminables questions théologiques, sans discuter ici les principes sur lesquels repose la hiérarchie romaine,
sans vouloir nier le bien qu'elle a pu faire dans
un autre temps, disons-le hautement, la réforme de Luther est une grande époque pour

la liberté des peuples ; sa parole fit une large
brèche au dogmatisme du moyen-âge, par où
s'introduisit enfin la lumière de la raison. Mais
c'est surtout aux philosophes du dix-huitième
siècle qu'appartient la gloire impérissable d'a-
voir achevé cette œuvre d'émancipation. Ni
l'ingrat Bonaparte, ni Châteaubriand, ni la
restauration, ni trente ans d'une guerre furibonde, n'ont pu affaiblir l'influence du dix-
huitième siècle. Voltaire, qu'on a tant maudit,
Voltaire qu'on a pris corps à corps, Voltaire
vit toujours au milieu des populations ; il les
anime toujours de sa mordante satire, il leur
communique son rire irrésistible. C'est l'esprit
de Voltaire qui a fait l'opposition de nos quinze
dernières années ; c'est lui qui poursuivait la
restauration jusque sous la mître de l'évêque,
et c'est l'esprit de Voltaire qui rendra impossible le retour de la domination cléricale. Cette
bourgeoisie, si souple, si humble sous la main
du pouvoir, est pleine de passions aussitôt
qu'on lui parle de tentatives faites en faveur
des prêtres. On pourrait peut-être suspendre la
charte et proclamer la dictature, qu'elle lais-
serait faire momentanément ; mais jamais elle

ne consentira à courber la tête sous la hiérarchie romaine. La haine qu'elle porte au clergé
catholique est profonde; c'est un élément suprême qui contient toute la grande révolution
de 89.

Nous le redisons, la bourgeoisie n'a pas fait
un pas hors du dix-huitième siècle; elle en a
toutes les haines et tous les préjugés. Voltaire,
Rousseau, Diderot sont aussi jeunes en province qu'ils l'étaient il y a cinquante ans. En
cela, nous croyons que l'instinct de la classe
moyenne la sert merveilleusement. La lutte est
finie dans la haute sphère de l'intelligence,
mais non pas dans les mœurs; malgré les coups
que lui a portés la révolution et le texte de la
charte, le clergé catholique ne se tient pas
pour battu; c'est un ennemi irréconciliable de
la liberté de conscience qu'il faut constamment
surveiller. Dans les départements, il est tout
aussi intolérant qu'il lui est permis de l'être;
il mine ce qu'il n'ose attaquer de front; servile
adulateur des adversaires des idées nouvelles,
il écarte, il calomnie tous ceux qui s'opposent
à ses tentatives d'envahissement. Aussi, la

bourgeoisie ne s'y trompe pas! elle laisse faire
et dire le gouvernement et quelques hommes
avancés qui travaillent à une réconciliation;
quant à elle, elle se tient sous les armes.

Tel est le tableau rigoureux, mais fidèle, de
la bourgeoisie française de nos jours. Toutefois le progrès a pénétré dans cette classe,
comme dans le reste de la société. Le fils de ce
marchand enrichi a reçu une bonne éducation,
il a été nourri dans des idées d'indépendance
et de liberté. Il a l'expérience de nos malheurs;
sa tête s'est fortifiée à nos orages, le siècle l'a
porté dans ses entrailles. La jeunesse de la
classe moyenne a des sentiments plus nobles,
des besoins plus élevés que la famille qui lui
donna le jour; elle sait allier la dignité au travail, l'élévation des idées aux tracasseries des
affaires domestiques; elle comprend mieux la
vie, surtout la vie d'un grand peuple. Que la
dynastie de juillet y prenne garde, cette jeune
bourgeoisie ne sera pas facile à intimider! elle
n'a pas d'enthousiasme pour la monarchie;
elle la défendra tant qu'elle la trouvera fidèle
au principe de la souveraineté nationale, mais

pas au-delà. Cette jeunesse est un élément de succès pour un gouvernement qui saura la comprendre, et une pierre d'attente d'un meilleur avenir.

V.

DU PARTI RÉPUBLICAIN.

Le principe fondamental de toute société c'est l'harmonie, c'est la fusion des individualités en un tout homogène, d'où résulte l'ordre et le repos. L'unité sociale est un besoin si impérieux de la raison, que les législateurs de tous les peuples ont cherché à l'obtenir, même

aux dépens de la liberté de l'homme. On
abusa de ce principe comme dans ce monde
on abuse de tout, et l'unité se changea en un
despotisme intolérable. Ce n'est qu'après des
siècles d'une expérience bien douloureuse, que
l'humanité comprit enfin qu'on pouvait avoir
l'ordre sans l'esclavage, et que le repos de la
société n'exigeait pas le sacrifice absolu de l'indépendance des citoyens. Mais si l'unité est
l'élément fondamental des sociétés humaines,
la liberté est une flamme que Dieu alluma dans
notre cœur, comme sur un autel sacré. La
combinaison de ces deux éléments forme le
grand art du législateur. Quand l'unité se
transforme en despotisme, la liberté s'échappe
par les fissures du corps politique, et en dé-
vore les fondements.

Nous l'avons déjà dit, la volonté de l'homme est une puissance souveraine, qui n'a de
supérieurs que Dieu et l'humanité. Aucun autre
pouvoir ne saurait lui faire courber la tête, s'il
n'a été sanctifié à ces sources éternelles de tout
droit. Elle est si orgueilleuse, si peu obéissante,
que tous les législateurs ne se sont occupés

qu'à la fléchir, qu'à l'humilier, qu'à la soumettre au joug de la sociabilité. Lorsque Jésus apparut au monde, l'homme avait cruellement abu-
sé de sa volonté. Il s'était immensément grandi, sa tête touchait au ciel, il avait tout foulé sous ses pas, et les nations n'étaient qu'un
troupeau de victimes, servant de pâture à cinq
ou six mille monstres. Le christianisme se pen-
cha vers la terre; il pleura sur tant de misères, il se couvrit de cendres, il se frappa la
poitrine, il prêcha l'humilité, l'abnégation, le
sacrifice de la personnalité au devoir, de la domination à l'amour. Il expliqua l'origine de
l'homme, et il trouva dans son orgueil la cause de sa chute et de son incroyable avilissement. Il montra le roi du monde, naissant
dans une crèche, vivant pauvre, persécuté et
subissant la mort ignominieuse des esclaves.
Au bruit de ces étonnantes paroles, la volonté
trébuche sur son piédestal; l'empire romain
tombe avec un fracas épouvantable, et le genre
humain est régénéré par quelques pêcheurs en
guenilles.

Des débris de l'empire romain, il s'éleva un

ordre social, complètement étranger à la civilisation antique, et dont la vigoureuse constitution a duré jusqu'à nos jours. Du haut de la
chaire apostolique, le catholicisme harangua
ces bandes innombrables de barbares qui s'é-
taient partagé les dépouilles de la ville éternelle ; il se les attacha par sa puissante parole,
et les fit asseoir sur le sol de l'Europe dévas-
tée. Peu à peu la force brutale des peuplades
du Nord s'assouplit sous la main rationnelle
du clergé; un rayon de lumière pénétra ces
esprits sauvages, qui finirent par s'agenouiller
devant le symbole du Christ. Alors une étonnante hiérarchie organisa l'humanité; l'homme
s'attacha à l'homme, le serf au seigneur, le
seigneur au suzerain; les nations se soumirent
au lien féodal, et la volonté individuelle disparut derrière l'autorité de l'Église.

Le dix-huitième siècle, qui ne voulait rien
devoir au catholicisme, traversa le moyen-âge
sans y jeter un regard, et courut jusqu'à l'antiquité pour y chercher le type de la nouvelle
société qu'il voulait fonder. Dans l'introduction
de cet ouvrage, nous avons déjà démontré

dans quelles erreurs tombèrent ces grands philosophes; et comment, par une fatale préoccupation, ils laissèrent échapper le mot de
l'antique sagesse. Ils considérèrent l'homme à
travers une menteuse abstraction; ils le dé-
pouillèrent de tous les éléments nouveaux qu'il
avait reçus de quinze siècles d'histoire; et, l'é-
levant à une hauteur démesurée, ils le firent
parler comme l'auteur du *Traité des Sensations*
anime sa statue. Séduits par leurs propres fictions, ils supposèrent l'existence d'une société
absolument de la même manière que Condil-
lac suppose la raison. La génération libérale
de 1789 se divisait en deux branches bien distinctes : l'une qui se rattachait à l'histoire de
la patrie, et qui acceptait en partie l'héritage
du christianisme; l'autre qui, croyant l'humanité pervertie par les institutions féodales, voulait lui enlever son enveloppe séculaire, et
croyait pouvoir la ramener à un état d'innocence primitive, qui n'a jamais existé que dans
les fictions des poètes. La première voulait
greffer le progrès sur le vieil édifice de la monarchie; la seconde prétendait passer la char-
rue sur le sol légal. Ces deux branches de la gé-

nération du dix-huitième siècle se partagèrent la révolution sous le nom de *Girondins* et de *Montagnards*.

Tout progrès de l'esprit humain est provoqué par un besoin, par une douleur sociale ; aucune amélioration n'a dû son origine à une pure philanthropie. C'est la faiblesse de la royauté, qui aida à l'émancipation des communes françaises; c'est l'intérêt bien entendu du propriétaire qui fit disparaître l'esclavage. Quand le mal est extirpé, alors on sanctifie le médecin, et on lui attribue une intention morale qui était loin de sa pensée. La révolution de 89 voulait surtout abolir les priviléges de l'aristocratie, et restreindre l'autorité royale qui protégeait ces abus. Pour arriver à cette fin, il fallait soulever la masse d'idées qui sanctionnaient ces usurpations, réveiller la volonté endormie par l'Église, et faire un appel à l'individualité. L'individualité est une force redoutable, excellente pour l'attaque et la conquête, mais qu'il est bien difficile d'arrêter, une fois lancée dans la carrière. Ce n'est qu'aux deux extrémités de l'échelle du monde, qu'elle peut

jouir pleinement de l'exercice de son indépendance. Dans l'enfance des sociétés, et à leur plus
haut point de perfection, toute l'époque intermédiaire est remplie d'une série d'événements,
qui lui ont été plus ou moins favorables.

Imbus des erreurs du dix-huitième siècle sur
la marche de l'esprit humain, les républicains de
93 ont reculé le progrès social, au point où l'avait
laissé l'antiquité. Quand le républicain arrache
son idée du sanctuaire pour l'offrir à l'adoration des hommes, il ne se demande pas si elle
peut les contenir tous; il la pose à terre, et s'a-
vance hardiment à l'accomplissement de son
œuvre. Epris d'une sèche abstraction, il n'é-
coute pas les cris des malheureux qu'il broie
sous sa massue; les yeux toujours fixés vers
son étoile polaire, il ne prend garde ni à l'orage qui se prépare, ni aux écueils dont il est
menacé; il jette à la mer ce qui gêne son es-
quif, et il file à travers l'Océan à la recherche
du nouveau monde. Si on lui résiste, il dresse
des échafauds; il étoufferait des nations entiè-
res dans son affreuse unité, qu'il se croirait
un bienfaiteur de l'humanité. Pour lui, la so-

ciété est une conception *faite à priori*, une vaste machine dont il combine les forces, dont il engraine les roues. Cela fait, il y met le citoyen, il le force à se tenir dans la position qui convient à la symétrie de son œuvre, coupant, tranchant tout ce qui fait saillie, tout ce qui dépasse les limites qu'il lui a plu de tracer. Il prend l'homme, il le pétrit d'une main rude, il le berce au bruit des tempêtes populaires; il l'exalte, il gonfle ses narines de l'amour de lui-même, puis il le promène à travers la foule sans crier, gare! Rempli de sa haute dignité d'homme, tout entier à son culte, il se croit obligé de repousser loin de lui les affections douces, les sentiments bienveillants qui font le charme de la vie. Avant tout, il est citoyen; ensuite il est père et fils. Aussi Sain-Just disait-il logiquement : La république doit être assise sur l'insensibilité.

Sous la monarchie catholique, il y avait un principe de subordination, qui ne peut exister ni dans la monarchie constitutionnelle, ni dans aucune république moderne. Le roi était consacré par la religion; son autorité émanait de la volonté de Dieu; elle était appuyée par le culte de l'église, et par les croyances des citoyens. Il y avait un sentiment honnête, humble, qui subordonnait les idées aux affections. Au contraire, le républicain qui se repose sur sa raison et ses droits, part de sa propre estime pour arriver à celle de la société, de son propre amour, pour aboutir à l'amour de ses concitoyens; car il est le premier anneau de la chaîne politique. L'égalité étant la base de sa morale, il doit se considérer comme la mesure parfaite de tout ce qui est du bien et du mal, il doit se croire le type de l'humanité. La soif de l'égalité absolue, qui au premier abord charme même les esprits réfléchis, dessèche l'ame de tout principe d'amour, et jette la perturbation dans nos sentiments les plus doux et les plus charitables. Au fond de cette égalité, il y a la haine de tout ce qui nous domine, de tout ce qui nous est supérieur, de tout ce qui nous dépasse. Nous désirons moins l'élévation des classes qui sont au-dessous de nous que l'abaissement de celles qui sont au-dessus; vertus, talents, beauté, gloire, tout nous alarme, tout nous irrite; l'égalité n'est que l'exal-

8

tation de nous-même, l'adoration de notre personnalité, la négation de la vie et du progrès; car la vie individuelle, comme la vie collective, n'est qu'une incessante aspiration à l'idéal.

Est-il rien de comparable à l'inquisition des démocraties? Aujourd'hui elles emprisonnent le sage qui les civilise, demain elles cassent le bras qui les a sauvées de l'ennemi, après-demain elles coulent du plomb dans la bouche d'un grand orateur! Vous n'ajouterez pas une corde aux sept cordes de la lyre nationale; vous porterez des guenilles, vous chasserez le poète qui chantera l'harmonie des sphères et la gloire des grands hommes : voilà le catéchisme des républiques. Saint-Just signalait comme ennemis de la république française les nobles, les prêtres, les médecins, les avocats, etc. La république n'a pas besoin de savants, disait-on, en envoyant *Lavoisier* à la guillotine! C'est que les démocraties sont stationnaires, ennemies de tout progrès, de toute innovation, parce qu'elles craignent l'aristocratie de l'intelligence. La passion de l'égalité

absolue pousse les esprits à une affreuse in-
subordination contre les sens communs; et
l'obéissance, la modestie, l'amour sont étouffés
par le mensonge du bien public. A l'époque
de la révolution française, la fièvre de l'égalité
avait tellement corrompu la raison, qu'on voulut déposséder Homère de son éternelle royauté, et nous faire accroire peut-être que ses
divins poëmes étaient l'œuvre d'une société de
sans-culottes!

L'égalité devant la loi est l'une des plus belles
conquêtes de l'esprit humain; mais l'égalité
absolue est une monstrueuse rêverie de quelques fous, de quelques bourreaux sophistes
qui voudraient passer le niveau sur l'humanité, afin que rien ne pût s'élever au-dessus
d'eux, et partager l'autorité qu'ils auraient usur-
pée. Sans préjuger ici de l'avenir de cette théorie, nous affirmons que de nos jours elle communique à l'homme une fausse grandeur,
qu'elle le remplit d'un insupportable orgueil,
qu'elle le dépouille des affections douces, bien-
veillantes, sociables, qu'elle le soulève contre
les mœurs de son temps

Le parti républicain de nos jours est l'héritier direct des doctrines de la Montagne; 93 est pour lui une ère sociale qu'il ne cesse de bénir et de glorifier; c'est une faction aussi tenace, aussi entêtée, aussi décrépite que le vieux parti royaliste; seulement, elle est moins morale. Pendant la restauration, le parti républicain ainsi que celui de Napoléon, se cacha dans les rangs épais de l'opposition constitutionnelle, où il contribua puissamment à la chute de la branche aînée des Bourbons. Après la révolution de juillet, il essaya ses forces et prit une attitude très redoutable. Toute la puissance de ce parti est concentrée dans la capitale; en province il n'a aucune consistance. Quelques jeunes gens, quelques mauvais avocats, quelques vieux soldats de l'empire, quelques ouvriers dissipés, voilà les éléments qui l'alimentent : c'est un employé chassé de son bureau, un écolier paresseux, c'est un professeur sans place, un breteur, un vil suppôt de cabaret et de mauvais lieu qui, couverts de mépris et de dettes, affichent l'opinion républicaine. C'est un ramassis d'ignobles fanfarons, d'intelligences avortées, sans principes et

sans mœurs, qui ne connaissent que la force,
et s'imaginent qu'on réforme un peuple à coups
de gourdins. A les entendre, il fallait passer la
brosse sur toutes les institutions, proscrire les
nobles, fermer les salons, ouvrir les clubs,
endosser la carmagnole, et s'agenouiller aux
pieds de *Robespierre*, *Couthon*, *St.-Just*, cette
dégoûtante trinité du sans-culottisme! Mais
enfin, on sut écouter l'histoire; on comprit
que 93 avait été le tombeau de la liberté, et
que les misérables disciples de la Montagne
nous amèneraient ses orgies et ses proscrip-
tions, moins sa gloire. Honneur donc à l'esprit
de la France! honneur au gouvernement de
juillet qui, par sa vigueur a balayé cette boue,
qui a repoussé cette horde dans sa tanière et
préservé la civilisation de ses plus cruels ennemis. En tuant la faction républicaine, la
monarchie de 1830 a bien mérité du progrès
et de l'humanité.

Depuis un demi-siècle, dix à douze gouvernements ont jonché la France de leurs débris,
et par leur chute successive, ils ont ébranlé
les croyances politiques de la nation. Au mi-

lieu de tant d'orages, de tant d'infortunes et de
déceptions, une foule d'esprits sensés, d'hommes généreux et purs, ne sachant plus à quel
nom se confier, sous quelle forme s'abriter, à
quel Dieu se vouer, se.sont attachés au sol de
la patrie, à son bonheur, à son indépendance.
Désabusés des principes trop absolus des factions et de leurs fastueux programmes, ne
voulant ni des turpitudes de la république, ni
du despotisme de l'empire, ni des prêtres de
la restauration, ils demandent avant tout la
liberté, l'ordre et la prospérité de la France.
Ils ne voient dans les chartes, dans les constitutions dont on abuse la crédulité des peuples,
que des formes politiques plus ou moins bonnes, plus ou moins durables. Ils n'ont de fanatisme pour aucune dynastie, pour aucun
prince, pour aucun tribun; au contraire, ils
voudraient purger la scène politique de ce
groupe de fripons qui, depuis si long-temps,
servent tous les régimes, adorent tous les fétiches et volent dans toutes les bourses.

Voilà l'opinion véritablement nationale, que
les courtisans de la monarchie de juillet con-
fondent avec le parti républicain. Cette opi-

nion est puissante dans les provinces; elle se recrute dans tous les partis, elle compte dans ses rangs presque toutes les capacités de la nation : nous croyons qu'elle est l'expression sincère de l'avenir de la France. Elle n'a point de passé qui la fasse rougir; elle n'a ni fautes, ni crimes à se reprocher. Elle accepte toutes les conquêtes de la civilisation, ne repousse aucun développement de l'esprit humain. Elle n'attaque ni la propriété, ni la famille, ni la religion, ni les mœurs ; elle aime les arts, la politesse, les bonnes manières; et elle ne croit pas du tout qu'il soit nécessaire d'avoir les mains sales pour être un bon citoyen. Elle n'a point de répugnance contre la nouvelle monarchie; au contraire, elle approuve tout ce qu'elle a fait pour le maintien de l'ordre, mais elle se méfie de ses intérêts purement dysnatiques.

Il est incontestable aux yeux du sens commun que, d'après le principe de la majorité, le pouvoir fondé en 1830 est le gouvernement le plus légal que nous ayons depuis 89. Il est impossible à cet égard de nier l'authenticité du vœu national. Les royalistes, qui placent la

source de la souveraineté au-dessus de la volonté des masses, ont pu, sans inconséquence
et sans manquer à la logique des factions, faire
la guerre à la nouvelle dynastie. Mais, en prenant les armes contre la Charte de 1830, le
parti républicain a non-seulement commis un
crime, mais il a fait une démarche irration-
nelle qui l'a perdu sans retour. A peine éclos, le
nouveau gouvernement fut attaqué par tous les
dissidents qui voulaient sa chute et ses dépouilles. Comme individualité politique, la monarchie
s'est défendue, ainsi le veut la loi de tous les
êtres; comme symbole social, elle a fait un appel
à ses partisans qui sont venus protéger l'œuvre
de leurs mains. La nation a fait preuve d'une
haute moralité en s'attachant à la monarchie
constitutionnelle, qui depuis quinze ans était
le plus vif de ses désirs. En cédant aux factions,
elle aurait abdiqué son indépendance et serait
devenue la risée de l'Europe. Traqué par ses
nombreux ennemis, le gouvernement a été
obligé de rompre les factions, et d'opposer à
leurs principes dissolvants des éléments d'ordre
et de travail. Sa conduite dans l'intérieur de
la France a été énergique, sage et digne des

plus grands éloges. Mais ce que l'opinion nationale ne peut pardonner à la royauté nouvelle, c'est la manière dont elle s'est posée vis-
à-vis de l'Europe. Pour se faire pardonner son
origine révolutionnaire et se faire admettre
dans le cercle des gouvernements de bonne
compagnie, elle a sacrifié les sympathies de la
nation. Quelques jours après 1830, elle ploya
le genou devant l'Europe monarchique, qui
lui donna le coup d'épée du chevalier pour la
purger de sa roture, et lui permit ensuite de
s'asseoir aux banquets des rois. Lorsque Casimir
Périer criait de toute la force de ses poumons : *Vous n'aurez pas la guerre !* il savait
bien ce qu'il disait.

La France est la première nation du monde,
moins par la grandeur de son territoire, sa richesse et son industrie, que par ses mœurs et
les qualités sociales de son esprit. Sa pensée
multiple réfléchit toutes les pensées européen-
nes, tous les peuples ont les yeux sur elle; elle
ne peut jeter un cri qu'ils n'accourent à son
appel, tous les cœurs souffrent de ses maux,
tous les visages rayonnent de son bonheur. Sa

force est dans la sympathie qu'elle inspire. Tromper cette sympathie, manquer à ce mandat reçu de la conscience des peuples, c'est se dégrader, c'est abdiquer sa propre grandeur. Sans vouloir une folle propagande et se faire le redresseur de tous les torts, l'opinion nationale eut bien vite compris que le gouvernement de juillet avait failli à sa mission, qu'il avait déserté une cause sociale pour des arrangements politiques, et qu'il avait abaissé la révolution de 1830 à la taille de la bourgeoisie, dont il s'était fait l'égoïste représentant. Voilà les griefs de l'opinion nationale contre le gouvernement de juillet; voilà le côté faible de la monarchie nouvelle.

Quant au vieux parti républicain, il est mort sans retour. En province, il n'a plus que quelques hommes sans portée et sans consistance. Il a fait son temps; il a noblement accompli sa mission; il a détruit la féodalité; il a fait table rase et préparé le terrain pour l'avenir. Là finit son œuvre. Non-seulement il est mort comme parti politique, mais encore comme fraction morale de la société française. Il ne laisse après lui ni mœurs, ni traditions.

VI.

DU CLERGÉ CATHOLIQUE.

L'homme chemine dans la vie entre son cœur et son esprit qui se disputent la possession de sa volonté. Tiraillé par ces deux puissances, tantôt il cède aux suggestions de l'une, tantôt aux lumières de l'autre; souvent il mar-

che indécis, escorté par ces deux guides, jusqu'à ce qu'il succombe de lassitude sous la
verge du plus vigoureux. L'esprit est progres-
sif, et jusqu'à la consommation des siècles,
il ajoutera à la somme de ses connaissan-
ces ; le cœur ne pourra jamais sortir de la
sphère qu'une main toute-puissante lui a tracée.

Le christianisme forme une époque unique
dans l'histoire du progrès. Avant lui, le monde
était déjà vieux ! L'esprit humain n'en pouvait
plus ; il s'était épuisé à l'analyse de toutes les
questions ; la raison succombait sous le poids
accablant des systèmes divers ; mille sectes se
disputaient la croyance des peuples ; la société
romaine était sans foi, le ciel sans unité et sans
idéal ; partout l'anarchie, partout la dissolution. — Alors parut Jésus ! Il promena ses regards autour de lui, il consulta tous les siècles,
il écouta toutes les nations, il examina toutes
les doctrines. Puis, se repliant sur lui-même,
et fondant toutes les vérités connues dans le
creuset de sa divine pensée, il donna au monde
sa parole d'amour !

Comme toutes les religions possibles , le christianisme se compose de deux éléments : de théologie et de morale. La théologie, c'est la charpente d'une religion, c'est la machine du drame, c'est l'explication qu'un siècle se donne du monde et de son auteur; la morale, c'est la substance, c'est le fonds commun de toute croyance. Aussi les religions ne diffèrent-elles que par leur théologie; et cela se conçoit aisément, puisque la forme d'une religion change selon les peuples, les temps et les lumières. L'organisation extérieure du catholicisme, son gouvernement, sa discipline, sont l'œuvre des successeurs de Jésus qui, en hommes habiles, se sont conformés aux besoins des peuples qu'ils voulaient régénérer; sa morale appartient à l'humanité. Il est évident que la théologie du christianisme est finie pour jamais, et qu'elle ne pourra se relever du coup que lui a porté le dix-huitième siècle; mais sa morale sera éternelle, et l'Évangile est le testament du cœur humain.

Le clergé catholique a laissé passer une belle occasion, une occasion unique de récupérer

sa puissance morale et de se réhabiliter aux
yeux des peuples prévenus : c'est la restauration. Nous l'avons dit plusieurs fois dans cet
ouvrage, il était impossible d'arriver à une réforme sociale sans attaquer le catholicisme,
qui, par sa hiérarchie et sa discipline, était
toute la force de l'autorité politique. Aussi, les
philosophes du dix-huitième siècle ne s'y sont
pas trompés, et ils ont frappé là où était l'obstacle. Je conçois à merveille que le parti royaliste, qui regarde la révolution de 89 comme
une déplorable catastrophe, se soit déchaîné
contre les grands écrivains du siècle dernier;
c'est parfaitement logique. Mais du moment
qu'on veut la révolution et ses résultats, il est
absurde de condamner les moyens qui seuls
ont pu la faire éclore. Sans doute, le dix-huitième siècle n'a pas examiné la question d'un
point de vue assez élevé et il n'a pas eu l'impartialité historique de notre époque; mais
quand on fait la guerre on veut la victoire,
et l'on ne s'amuse pas à demander à son ennemi la permission de le tuer. Nous qui sommes vainqueurs, nous pouvons être justes et
généreux envers le catholicisme abattu; mais

le dix-huitième siècle a dû agir comme il l'a
fait pour la liberté du monde.

L'égoïsme social de la Montagne, incarné
dans la personne de Napoléon, succomba sous
le poids de l'Europe indignée. Le passé et l'a-
venir étaient en présence, remplis l'un pour
l'autre d'une haine furibonde. C'était là un
beau moment pour le catholicisme tant calomnié! Il pouvait alors, en s'interposant entre
les deux principes, jouer le rôle d'un sublime
pacificateur; élever sa voix séculaire au-dessus
des passions contemporaines, réprimer le désir
de vengeance de l'aristocratie triomphante,
détruire la répugnance du peuple pour une
dynastie qu'il ne connaissait que par sa résistance aux grands faits de la révolution, per-
suader à la royauté de baser son pouvoir sur
les progrès accomplis, convaincre la nation
que le dépôt de la magistrature supême entre
les mains d'une illustre et antique famille était
la plus sûre garantie de la liberté, et devenir
ainsi le ciment de la société nouvelle. Au lieu
de cela, qu'a-t-il fait? Il s'est fait l'instrument
d'un parti politique; il s'est fait l'apôtre d'une

réaction sanguinaire et liberticide ; du haut de
la chaire apostolique, il a prêché la haine d'un
siècle grand et glorieux; il a souillé son sacré
caractère en se faisant l'organe des passions
avides et désorganisatrices; il a fait un pamphlet de l'Évangile; et, pour satisfaire son intolérance et son ambition, il a précipité la
branche aînée des Bourbons dans un abîme de
misères. Les ordonnances de Charles X sont sor-
ties du confessional du clergé : il est un obstacle invincible à une troisième restauration.

La révolution de 1830 brisa pour la seconde fois la puissance politique du clergé, et
mit un terme à ses folles espérances. La nouvelle Charte proclama un fait : *Que la religion
catholique était la religion de la majorité des
Français.* C'était sagement agir, que de ne pas
entrer dans la discussion des dogmes, et de
respecter les croyances de tous les citoyens.
Un code politique ne doit s'élever ni à la mé-
taphysique, ni descendre au catéchisme. Et
c'est une justice qu'on doit rendre à la Charte
actuelle, qu'elle n'a fait que reconnaître et légitimer les forces sociales qu'elle trouva exi-

stantes. Le gouvernement de juillet, pénétré de
l'esprit modéré de notre loi fondamentale, ré-
sista avec vigueur à l'intolérance de l'anarchie,
et il protégea les prêtres et les temples catholiques, contre les passions de la basse et igno-
rante démocratie. S'il avait été assez faible
pour céder à l'impulsion qu'on voulait lui
donner, il aurait soulevé contre lui les fanati-
ques, blessé les croyances sincères des âmes
pieuses, et relevé l'importance du clergé. Au
contraire, par la sagesse de ses mesures, il a
maintenu l'ordre, il a refoulé les prêtres dans
l'intérieur de leurs églises, et l'indifférence générale est venue les punir de leur funeste ambition.

Depuis quelques années, il se joue une petite comédie à l'usage des simples, qui n'est
pas sans intérêt. C'est ce qu'on appelle *la re-
crudescence de la foi,* ou *la renaissance du
culte catholique.* Les journaux légitimistes em-
bouchent tous les matins la trompette épique,
pour nous annoncer l'approche d'un siècle
monarchique et religieux; on court en foule
aux sermons de l'abbé Lacordaire et autres

9

grands convertisseurs; on badigeonne les églises, on bâtit des saintes chapelles, des couvents; on publie des revues catholiques, on fait des poëmes catholiques, des opéras catholiques, des romances catholiques; seulement on ne fait pas de miracles, et le plus grand de tous serait de nous faire accroire que tout ceci n'est pas une comédie. Les provinces suivent l'impulsion. Les couvents se relèvent sous un prétexte ou sous un autre; de nombreuses maisons d'éducation s'établissent sous la direction des prêtres ou de leurs adhérents; de tous côtés on entend dire : *On revient aux bons principes, on revient aux bonnes mœurs!* Le gouvernement n'est pas étranger à ce mouvement, qu'il croit provenir du fond de la société. Nous croyons qu'il se trompe, et que tout ceci n'est qu'une petite réaction de bonne compagnie, comme il y en a si fréquemment en France. Il faut n'être pas sorti de Paris pour prendre au sérieux ce bourdonnement de quelques coteries.

Sans doute, quelques esprits élevés, indignés du misérable rôle qu'on fait jouer à la religion, dans le vaste mouvement de notre

époque, voudraient élargir l'Eglise, et en faire
le centre des progrès de l'avenir. Autour de
ces hommes d'élite, se groupent beaucoup de
jeunes artistes enthousiastes des grands monuments que nous a laissés le moyen-âge ; et un
plus grand nombre encore d'intelligences ti-
morées, qui redoutent les changements, qui
pensent que l'on a trop calomnié le clergé, et
qui espèrent par la patience et la modération,
le ramener à de meilleurs sentiments pour nos
libertés. Ces vœux sont nobles, et nous serions
les premiers à y souscrire, s'il nous était permis de croire qu'une société peut vivre par le
mensonge. Mais pour se faire une idée de ce
que nous pouvons attendre de ce clergé, il n'y
a qu'à examiner sa conduite dans les pays de
l'Europe où il est encore en possession de
l'autorité. Voyez-le en Espagne ; va-t-il au-de-
vant d'une révolution inévitable pour en mo-
dérer les développements, et s'en faire le tuteur éclairé ? Non, il alimente la guerre civile.
En Portugal, il se fait le protecteur d'un misérable, d'un assassin. Voyez-le en Italie, où il
brille de toute sa gloire ! Couvert de tous les
vices et de toutes les ignominies, paresseux,

ignorant, luxurieux, abominable corrupteur
du peuple le plus intelligent de l'Europe, il ne
vit que de la misère publique, il n'existe que
par l'oppression de sa patrie. Et la papauté,
qu'a-t-elle dit du massacre des Grecs, de l'immolation de la Pologne? Elle a vu répandre à
grands flots le sang de Jésus-Christ par un peuple barbare; elle a vu des villes en cendres,
des prêtres massacrés, toute une grande nation
chrétienne décimée par un cruel conquérant,
sans sourciller, sans proférer une parole con-
solatrice, sans élever sa voix paternelle pour
condamner tant d'assassinats politiques, tant
d'abominations! Assise sur son trône apostolique, silencieuse sous sa triple couronne, elle a
laissé se dérouler ce drame mémorable, se ré-
jouissant de la chute de la liberté et du triomphe du despotisme!

Si le clergé français avait le moindre sentiment de sa position, s'il s'était laissé pénétrer
par la plus petite idée de progrès, il le ferait
voir dans la partie vitale de son ministère, dans
la prédication. C'est par la prédication que
le christianisme est arrivé à la conquête du

monde; c'est par la prédication qu'il s'est mis
en contact avec tous les peuples de la terre.
Eh bien! écoutez un peu les prédicateurs français; que disent-ils à une grande nation, intelligente, industrieuse? ils lui parlent du diable
et de ses tentations; que disent-ils à cette jeunesse ardente, généreuse, avide de tout connaître? ils l'entretiennent de la malice du ser-
pent et de la vanité de la science; comment se
posent-ils en face de ce prodigieux mouvement
de l'esprit humain, de cet amour des arts qui
pénètre dans toutes les classes, qui les rap-
proche et les purge des tendances haineuses et
coupables? ils défendent aux filles de danser,
de chanter, de dessiner! Comment voulez-vous
qu'avec un pareil langage et de tels principes
le clergé puisse acquérir de l'influence; il lan-
guit sous le poids du ridicule et de l'indifférence. Pourquoi ne descend-il des sublimes
niaiseries de la théologie, pour pénétrer dans le
cœur de la société, dans la famille? Pourquoi
s'obstine-t-il à se clore dans l'étroite prison du
péché catholique? Qu'il se plonge donc dans
les mille douleurs de la vie du siècle, qu'il en
étanche le sang qui coule de toutes parts, qu'il

en glorifie les vertus; qu'il se fasse homme de
chair et d'os comme nous, qu'il boive à la
coupe de nos malheurs, qu'il devienne citoyen,
qu'il s'arme d'une noble indignation contre les
oppresseurs des peuples, soit qu'on les trouve
dans les salons de l'aristocratie ou dans le tourbillon sanglant des émeutes; qu'il embrasse
enfin la liberté, la liberté sainte qui l'éclairera
de son flambeau et le protégera de son bras
invincible : c'est l'unique moyen de salut qui
lui reste.

La province, avec son bon sens, ne s'est laissé
émouvoir ni par les hurlements de l'anarchie,
ni par la religiosité de quelques badauds de
Paris; elle ne veut ni d'un gouvernement de
sans-culottes, ni de celui des capucins; elle
marche constamment sur la grande route sociale de 89, travaillant, s'instruisant, désirant
l'ordre et une liberté progressive; elle regarde
d'un œil sévère le clergé catholique dont elle
redoute l'influence; elle le laissera en paix tant
qu'il restera dans les bornes de son ministère
moral; mais il peut s'attendre à une vigoureuse
résistance du jour où il voudra dominer. Le

gouvernement de juillet fera bien de persévé-
rer dans son système de modération : qu'il repousse toujours avec vigueur les tentatives in-
tolérantes de la démocratie. Si le catholicisme
doit se régénérer, ce que nous croyons désormais impossible, ce devra être l'œuvre des idées
et de l'avenir. Un gouvernement doit protéger
les symboles qu'on lui a confiés.

VII.

DE LA LITTÉRATURE.

Ce qui caractérise l'homme primitif et simple, c'est une vive et tranchante individualité,
c'est un grand amour de sa personne, c'est un
dédaigneux mépris pour tout phénomène qui ne
part point de lui et qui n'aboutit pas à lui. Clos
dans l'étroite enceinte de son *moi*, roi solitaire

de sa conscience, il ignore tout, il vit dans une
naïve béatitude, il prend les faits qui tourbil-
lonnent autour de lui pour une modification
de sa propre substance, pour un développement de sa personnalité. Tout respire, tout se
meut, tout aime, souffre et pleure, et la vaste
nature n'est pour l'homme primitif que le reflet de son image. Cependant il faut qu'il sorte
de son enchantement, il faut qu'il s'arrache à
sa propre contemplation, il faut qu'il s'éveille,
qu'il marche, qu'il descende du trône de l'absolu, qu'il se range dans la chaîne des êtres,
qu'il reconnaisse sa dépendance et sa misère.
Par quel moyen s'accomplira cette palingénésie?
Par la souffrance. — La souffrance frappe à la
porte de l'aveugle personnalité; elle pénètre
dans cet obscur sanctuaire, l'échauffe de son
ardeur, l'éclaire de sa sainte lumière, brise
l'égoïsme en mille éclats, et jette l'homme
dans le sein de l'humanité.

Alors un cri immense remplit le monde !
cri fatal que poussa l'homme à son réveil à la
vie, et qui s'échappa des lèvres mourantes de
Jésus-Christ ! L'homme est chassé du paradis;

il n'est plus nourri par la manne du Seigneur;
il n'est plus couvert de son innocence; il vivra
de son labeur dans l'espace et dans le temps.
Il faut abandonner le jardin céleste et ses éternelles béatitudes; il court, il court, poursuivi
par l'ange à la flamboyante épée, et il tombe
sur la terre désolée.

De ce jour naquit l'art, l'art fils de la douleur.

Quel que soit le point de vue sous lequel on
envisage l'origine de l'homme, il y a dû y avoir
un moment suprême, un moment de réveil et
d'épanouissement où, secouant les ombres qui
enveloppaient son âme encore pleine de séré-
nité, il dut comprendre où et qui il était. En
étendant les mains hors de son individualité,
il dut se sentir toucher par des phénomènes
dont il ignorait entièrement l'existence. Il fut
sans doute bien étonné, bien surpris, l'homme,
dans son aveugle fierté, de se voir arrêté par
un fait extérieur, lui qui croyait le monde une
extension de sa personnalité ! Cependant il fallut avancer, il fallut vaincre l'obstacle, il fallut
en prendre acte, et l'inscrire dans l'esprit hu-

main comme un premier élément de la science.
Qu'est-ce donc que la science? Le réveil du
moi, et la guerre de l'humanité contre la nature.

Le bonheur absolu, le bonheur parfait n'est
pas possible sur la terre. C'est une de ces vastes
idées comme celle de Dieu et de la beauté, que
l'esprit conçoit, dont il a conscience, qu'il caresse de ses désirs, qu'il voit briller au loin
dans l'horizon ; idée complète, consolante ;
doux rêve du cœur vers lequel il aspire sans
cesse, dont il implore la réalisation. Aussi, le
bonheur n'a-t-il pas d'expression extérieure ; il
est la paisible satisfaction de nos désirs, l'accomplissement instantané de nos vœux ; il se
serre, il se résume autour de la conscience,
comme un fleuve harmonieux coule dans un lit
égal et facile. L'âme alors remplit tout son
vase, sans déborder, sans que rien altère la
limpidité de sa surface. Mais aussitôt que le
moindre souffle vient troubler cette transpa-
rence, alors les eaux s'amoncellent, l'orage
éclate, le cœur humain s'élance de son trône
solitaire et vient déposer dans l'art le cri de sa

douleur. C'est parce que je puis perdre mon amante que je cherche à fixer les traits de son image; c'est parce qu'elle est infidèle à mon amour que je chante ma peine; c'est parce qu'on lui a ravi Euridice qu'Orphée verse des pleurs et fait retentir sa lyre jusqu'au fond des enfers; c'est parce que l'homme est faible qu'il se met en société; c'est parce que son âme est vide qu'il se prosterne devant un Dieu tout-puissant. Dans l'immense épopée de l'art, je ne trouve pas un mot qui ne soit un cri de nos misères, un témoignage de nos souffrances. Poésie, musique, peinture, histoire, ordre social, religion, tout est l'expression de notre dépendance et du besoin que nous avons de remplacer une réalité qui nous manque par les fictions de l'esprit; car pourquoi écrire, pourquoi peindre, chanter, quand on est content et qu'on se suffit? Le bonheur ne se dit pas, il se sent, et les nations heureuses n'ont pas d'histoire. Le rire même n'est que le masque du bonheur; c'est une ruse de la souffrance, un mensonge qu'elle invente pour échapper au ridicule, à la persécution de la société. Les grands comiques des nations, tel qu'Aristophane, Cervantes, Bocace, Rabelais, Molière, Voltaire, et tant d'autres génies immortels, ont été d'habiles hommes de guerre qui, assiégeant la légalité, l'ont endormie par des festins et des farces. Il fallait s'humilier, faire des gambades, faire des tours pour s'approcher de la puissance; il fallait armer Arlequin d'une batte de fer pour en frapper les tyrans; enfin, il fallait rire pour cacher ses larmes.

Si le bonheur parfait pouvait exister, tout serait silence, tout serait repos; il serait la négation de la vie. La recherche du souverain bien, qui n'est autre chose que celle du bonheur parfait, a conduit ceux qui en ont le plus approché, quelques philosophes de la Grèce et les sages de l'Orient, à la pure contemplation, à l'immobilité. Du moment que l'homme agit, qu'il marche, qu'il parle, qu'il chante, qu'il rit, qu'il prie; c'est qu'il est incomplet, c'est qu'il y a du vide dans son âme, c'est qu'il souffre. La vie est un combat, une aspiration incessante vers un idéal qui nous échappe à mesure que nous avançons. L'affirmation même de notre bonheur est un témoignage irrécusable de notre faiblesse, de notre défaillance ; car, si nous étions complètement heureux, nous n'éprouverions pas le besoin de le dire. Rire, chanter, danser, joie, plaisirs, tout ce qui éclate, brille et tourbillonne dans le bouge que nous habitons, n'est qu'un pâle reflet du vrai bonheur, qui sert à éclairer nos misères. L'humanité est progressive, parce qu'elle n'est pas heureuse, parce qu'elle est imparfaite : Dieu seul est heureux, parce qu'il n'aspire à rien, parce qu'il est parfait.

La pensée n'est apercevable que par la forme. Son essence est un mystère qu'il ne nous est pas permis de pénétrer. Aussitôt qu'une idée surgit du sein des peuples, aussitôt se fait sentir l'irrésistible besoin de la fixer. Mais fixer une idée, c'est la manifester au monde sous une forme sensible, c'est la préciser par le symbole ; et manifester l'idée par la forme, c'est la descendre des régions élevées de l'abstraction pour la transporter dans la réalité extérieure. Qu'on y réfléchisse bien ! formuler une idée, la détacher du vague qui l'enveloppe, la dépouiller du dogmatisme de la pure raison, et l'inscrire

dans la science de l'humanité, ce n'est pas l'acte
d'un simple manœuvre : au contraire, c'est la
mission du législateur, c'est la mission de l'artiste. Rien n'est plus difficile, en effet, que de
trouver la forme convenable et précise d'une
pensée qui bondit dans votre sein et vous demande la vie ! Obsédé comme par un Dieu qui
s'incarne dans votre faible nature, brisé ainsi
que la femme par les douleurs de l'enfantement,
vous cherchez partout la main délicate qui vous
délivre du pesant fardeau qui vous accable. Et
si tout-à-coup vous apercevez votre pensée dé-
posée sous une ligne claire et diaphane, alors
vous vous écriez avec effusion et bonheur :
Ah ! c'est cela ! oui, c'est bien cela ! Lorsque
l'aristocratie européenne remit la France dé-
chirée entre les mains de la légitimité, les
guerres égoïstes de l'empire avaient affaissé et
engourdi l'esprit de la nation. Mais quand la
restauration, fidèle à son mandat théocratique,
couvrit d'insultants dédains les restes immortels de nos grandes armées, un cri sourd et
plaintif se fit entendre du fond de la nation indignée. Un serrement de cœur, un sentiment
vague de souffrance indéfinie, s'emparèrent de

tous les citoyens, et attristèrent les âmes qui avaient toujours vécu pour la patrie, son bonheur et sa gloire. Tout le monde cherchait le mot de sa douleur, personne ne le trouvait. Tout-à-coup apparut le grand artiste, qui chanta *le Vieux Drapeau* et *les Souvenirs du peuple* !... *Ah ! c'est bien cela !* dit la voix radieuse de la France. Oui, on insulte à notre gloire, à notre révolution. Vive Béranger, le poète de la nation. Voilà l'art, voilà l'artiste.

Abriter l'idée sous une forme claire et précise, qui la rende accessible à la généralité des intelligences, avons-nous dit, c'est accomplir l'œuvre de l'artiste, qui, par cette transformation, se pose entre deux grandes portions de l'humanité, et leur sert d'organe conciliateur. Car, que serait l'idée sans la forme qui la contient ? que serait la volonté sans l'acte extérieur qui la manifeste ? que serait la liberté sans les institutions qui la définissent et la précisent ? que serait la religion sans le temple, sans le culte, sans la prière ? que serait Dieu, pour nous, sans le monde où éclatent sa toute-puissance et sa

10

miséricorde ? Comprendrions-nous les indicibles souffrances de ton cœur maternel, ô divine Marie ! si Raphaël, si Pergolèse n'avaient recueilli tes saintes larmes dans des vases d'or, immortels comme ta douleur ? Oui, c'est la forme créée par l'artiste qui éternise les émotions et les pensées de l'humanité. Et qu'est-ce que la forme ? Nos actions, nos paroles, la société, la vie, un regard, un soupir, un temple, tout ce qui est produit, enfanté par l'homme.

Toutes les théogonies des peuples primitifs ont chanté le grand duel de l'esprit contre la matière, et de l'homme contre la nature; et les philosophes de tous les temps se sont aperçus que de la conception abstraite de l'idée à sa réalisation dans le monde, il y avait un intervalle difficile à franchir, qui souvent devenait un précipice. Si vous restez en-deça de ce défilé, vous pouvez faire d'admirables théories, mais qui n'auront qu'une valeur spéculative. Si vous vous arrêtez en chemin, alors éclatent d'épouvantables révolutions qui brisent et bouleversent ; si, au contraire, vous passez sans secousse et sans danger, alors vous réalisez l'idée d'une manière calme et sûre, et vous éclairez le monde.

Regardez cet illustre penseur qui, du fond de sa retraite, et réfugié dans les replis de sa conscience, médite pour le bonheur du genre humain. Vous le voyez peser naïvement dans la balance de sa raison et de la justice, les droits de chacun et la liberté de tous; inscrire dans son code moral, article par article, la haine du mal, l'amour du bien, la punition du vice et la récompense de la vertu. Cela fait, et fort des grandes vérités qu'il a découvertes, il fait relier sa constitution, met son habit de fête, et se présente à la société pour la régénérer. La société se soulève et crie : A l'innovateur! à l'anarchiste! Qu'est-ce à dire? le philosophe est-il un fou, ou bien la société n'est-elle qu'un composé d'êtres dépravés? Non; le philosophe est un sage qui a vu le bien de la raison, et qui a voulu le réaliser; mais, abstrait qu'il était dans la pure spéculation, il ignorait le monde et ses lois, et a dû succomber. La société, au contraire, courbée sous la sensation, rouillée par le temps, ne

voit que ce qui est, et repousse ce qui ne
peut la modifier qu'en la troublant. Pour réussir, il fallait au philosophe une plus grande
connaissance du monde, et à la société une
moralité plus élevée. Cette double nature, ce
lien conciliateur, c'est l'artiste. L'artiste assiste
aux débats de l'esprit humain, il reçoit des
mains de la philosophie les doctrines qu'elle a
créées, et il les réalise. L'artiste est un être
double, moitié homme et moitié ange, dont
les pieds touchent à la terre et la tête aux
cieux.

Il suit donc de là, que l'art n'est qu'une
traduction, une interprétation de l'idée. L'art
ne crée point l'idée, il la reçoit de son siècle;
son mérite consiste à bien la saisir, à bien la
comprendre, à la formuler, à la traduire au
vulgaire, à la perpétuer dans l'avenir. Dans
une époque donnée, il n'y a qu'une idée mère,
que les arts traduisent en leurs différents lan-
gages; c'est ce qui fait le caractère, l'unité d'un
siècle. Prenez Racine, prenez Molière, Lulli,
Lebrun, Mansard, Boulle, etc., etc., vous n'y
verrez que l'idée majestueuse et régulière de la

monarchie chrétienne, reproduite de cent manières diverses. Entre Raphaël et le Tasse, ainsi que entre Victor Hugo et Mayer-Beer, il n'y a de différence que le langage. L'idée fondamentale est la même, et ne leur appartient pas; ils ne sont que des traducteurs. La plus grande gloire de l'art, c'est de comprendre l'idée qui travaille son siècle, et de l'aider à la réaliser.

A l'origine des siècles, lorsque l'esprit humain était dans sa première naïveté, l'art était aussi simple que les besoins de l'homme, et sa mission consistait à pourvoir aux grossiers appétits de la vie matérielle. Plus tard, quand les hommes purent se rapprocher et s'asseoir en société, l'art se spécialisa comme les misères de l'humanité, et se divisa en deux grands rameaux. L'un qui se rattachait à la vie matérielle, l'autre à la vie morale; l'un qui prenait soin des souffrances du corps, l'autre de celles de l'âme. La réunion de ces deux rameaux forme le grand tronc de la science.

Les nombreux besoins de l'homme se divisent en deux vastes catégories : ceux d'impérieuse nécessité, qui sont de tous les temps et

de tous les peuples ; et ceux qui naissent à la
suite des grandes jouissances, enfants chétifs
du caprice et de la fantaisie. L'art a donc aussi
deux missions : de soulager nos grandes et sévères douleurs, nées avec nous et qui ne nous
abandonnent qu'à la mort ; puis de se faire l'é-
cho de nos mille désirs qui varient avec les
mœurs, et qui sont aussi nombreux que les
sables de la mer. En restreignant cette idée à
une seule nation et à un seul épisode de l'art,
à la littérature, nous en concluons qu'elle doit
aussi se diviser en deux parties. La première
proclame d'une voix forte et sonore, les grandes douleurs de la majorité souffrante ; la seconde idéalise les vagues désirs de la minorité
blasée ; la première recherche les applaudisse-
ments des masses et de la postérité ; la seconde
se contente des murmures éphémères d'une
coterie passagère.

Mais l'art a de plus une mission sociale qu'il
est important de définir.

En tout temps, la société se divise en deux
parties fort distinctes : celle qui fait la loi, et

celle pour qui elle est faite. Aussitôt qu'une fraction sociale arrive à la propriété, à l'aisance, elle participe à la souveraineté, elle se retranche derrière la loi pour défendre sa position nouvelle; qu'est-ce donc que la loi? l'expression de la partie satisfaite de la nation. *Je suis content, je défends que l'on me trouble*, voilà le langage de la loi. La partie de la société qu'on n'a pas consultée pour créer la loi, c'est-à-dire la majorité souffrante qui n'a rien, veut aussi améliorer son sort; mais elle est presque toujours dominée par les priviléges qui étouffent ses plaintes et repoussent ses prétentions. Alors, si elle a le sentiment de sa force, elle assiége l'état et change la constitution. Au contraire, si elle est intimidée par l'autorité, elle s'adresse à l'art qui formule ses griefs et donne une voix à sa douleur. Ici commence la lutte de l'art et de la loi, de la souffrance et du contentement, de la misère et de la richesse, de la démocratie et de l'aristocratie; drame immortel, qui fait le fond de l'histoire de l'humanité.

L'art social n'est que l'action refoulée, l'idée d'un fait, l'image d'une réalité absente. Ce

n'est pas en présence de la réalité que je songe
à ses fictions, ce n'est pas dans les bras de la
jouissance que je cherche la représentation
d'un bonheur que je possède. L'art d'un peuple, c'est l'expression de ses regrets et de ses
désirs. Les grands siècles de l'art social succè-
dent presque toujours à la perte de la liberté. C'est sous le joug des rois macédoniens,
que la Grèce élève sa voix magnifique ; c'est
sous le despotisme d'Auguste, et après la dis-
parition de la liberté romaine, que vient l'âge
d'or de la littérature latine ; c'est après la chute
des républiques, sous le règne des Médicis et
des autres petits tyrans de l'Italie, que celle de
ce peuple infortuné étonne l'Europe ; c'est sous
le gouvernement sombre et monacal de Philippe II, que l'Espagne enfante son théâtre et
Don Quichotte ; enfin c'est sous Louis XIV,
après la victoire définitive de l'unité monarchique sur l'indépendance féodale, que la
France voit naître ce siècle de génies merveil-
leux, dont les œuvres feront toujours la gloire
de l'esprit humain.

S'il est bien prouvé que l'art social n'est que

l'action refoulée, l'expression des besoins d'une époque, il s'ensuit que du moment qu'on peut atteindre à la réalité, on abandonne la fiction. Les peuples esclaves se plaisent à chanter les vertus guerrières de leurs aïeux ; les barbares s'exagèrent le bonheur du luxe et de la civilisation ; ceux qui vivent dans les déserts arides aiment les images qui peignent la verdure, une source fraîche, une pluie fécondante ; l'habitant des villes aime les églogues, et tout ce qui retrace la paix des champs, et *vice versâ*. Sous un gouvernement despotique, la moindre allusion à la liberté, obtient un succès prodigieux ; mais quand arrive la liberté, ces ombres disparaissent. L'apologue est né en Orient dans le monde de la tyrannie ; là il fallait à la vérité, une livrée de courtisan ; pour nous ce n'est qu'un jeu d'esprit. Pourquoi le théâtre tombe-t-il de toutes parts en Europe ? C'est que la presse et la tribune dont il tenait lieu, l'ont rendu inutile. De nos jours, l'éloquence même de Mirabeau serait intempestive ; ainsi disparaissent une foule de formes de la pensée. Quand l'art n'est plus l'expression des besoins d'un peuple, alors il tombe en discrédit et fait

place à une autre forme. Savez-vous quand
une religion est finie? Lorsque les peuples n'y
trouvent plus la solution des doutes qui les ac-
cablent. C'est ainsi que disparut la littérature
profane, après le triomphe du christianisme;
c'est ainsi qu'après la révolution de Luther,
les langues jeunes et riches de l'Europe régé-
nérée, étouffèrent le verbe de la monarchie catholique.

Ainsi chemine l'humanité, entre l'art et la
loi. Celle-ci, expression égoïste de la minorité
satisfaite, celui-là de la majorité souffrante. Il
arrive des époques où la loi vaincue dans ce
duel éternel, ouvre ses portes à une portion de
la majorité; ce sont des instants de repos et de
réconciliation, de joie et de bonheur dans la
vie des nations. L'art n'ayant alors plus d'obstacle actuel qui l'occupe, s'élance dans l'idéal,
et chante un sublime *hosanna!* Et lorsque le
temple de la légalité se referme et repousse de
nouveau le progrès, l'art descend des hautes
régions où il se contemplait, et recommence la
lutte.

Nous revenons au sujet spécial de ce chapitre.

Lorsqu'après les longs travaux de la renaissance, il fut donné aux peuples modernes de lire sans difficulté dans le livre de la science antique, ils jetèrent un tel cri de ravissement en voyant ces merveilles de l'esprit humain, qu'il couvrit tout-à-coup les sons encore faibles de la muse nationale. Saisis d'une pieuse admiration, ils se prosternèrent devant les œuvres immortelles de la civilisation grecque et romaine, vouèrent au mépris tout ce qui n'atteignait pas à cette idéale perfection. Alors disparurent de la mémoire des contemporains ces naïves épopées, ces chants de guerre et d'amour qui, sous une forme grossière, mais singulièrement pittoresque, racontaient l'histoire de la patrie. Poussée par le sentiment d'une servile imitation, la littérature de l'Europe se dépouilla alors de son individualité qui la rendait chère aux peuples dont elle peignait les mœurs; elle ne fut plus un langage accessible à tous, compris de tous; elle se fit le frivole amusement des classes élevées; elle cessa d'être le dépositaire fidèle des sentiments et des souvenirs de la nation, pour devenir un amusement de cour et d'académie.

La France, comme toujours, s'empara de ce mouvement de l'esprit humain ; elle le précisa et lui donna une forme sociale. Richelieu, qui avait vaincu l'aristocratie territoriale, et Louis XIV qui, après les troubles de la fronde, voulait ramener à l'unité monarchique les élémens épars de la féodalité, favorisèrent de tout leur pouvoir une littérature qui, interrompant la chaîne des souvenirs, livrait la nation désarmée entre les mains de la royauté. Alors naquit le grand siècle ! alors surgirent ces beaux génies qui donnèrent à la langue la pompe, la majesté et la discipline de la cour ! L'art, comme la société, fut divisé en catégories bien tranchées, qu'on soumit à la hiérarchie la plus rigoureuse. On marqua tout, on chiffra tout ; on compta vos pas, on mesura vos paroles, on vous disait : *Voici comme il faut pleurer ; voilà comme il faut rire.* Tout fut digne, sévère, royal, et la littérature française se couvrit de la force et de l'uniformité de la monarchie de Louis XIV.

L'antiquité fut comprise, imitée avec un rare bonheur, et quelquefois surpassée. La

langue s'épura, et rejeta une foule d'idiotis-
mes énergiques qu'elle trouvait désormais trop
vulgaires, comme la royauté avait refoulé hors
de son cercle magique, ces hommes vigoureux
qui avaient le tort de se rappeler leur ancienne indépendance. Partout retentissaient les
noms de Rome et de la Grèce, d'Homère et de
Virgile. Mais la littérature n'avait plus rien de
national, elle avait perdu l'individualité puissante que peut seule lui donner la sympathie
populaire. Les souvenirs dangereux étouffés,
la nation abandonnée par l'art plia sous le joug
du pouvoir absolu, et la monarchie de Louis
XIV fut consolidée.

Les hommes ne prévoient pas toutes les con-
séquences des principes qu'ils posent ; ils dis-
cernent assez bien ce qui sert à leur ambition
momentanée, mais leur vue ne s'étend guère
au-delà. La révolution était faite ; la royauté
avait absorbé toutes les libertés ; l'art avait
brouillé tous les souvenirs dangereux, et l'antiquité possédait exclusivement l'admiration
de l'esprit humain. Eh bien ! qu'arriva-t-il ?
Le dix-huitième siècle, fier du magnifique hé-

ritage que lui avait légué le dix-septième, exa-
gérant toutes les doctrines qu'il en avait reçues,
se plongea avec avidité dans l'histoire des peuples anciens. Il s'inspira aux sources du paganisme, aux mœurs d'Athènes, de Sparte et de
Rome, et, fort de tout ce qu'il y avait vu de
grandeur, de poésie et de liberté, il revint
plein d'enthousiasme, s'attaquer au catholicisme et à la monarchie. La monarchie fut étour-
die du choc! Sans racines dans le passé, ayant
elle-même aidé à trancher le fil des souvenirs
nationaux sur lesquels elle aurait pu s'appuyer,
elle succomba sous les coups de la philosophie, et le trône de Louis XIV fut brisé par
le principe littéraire qui avait servi à l'édifier.
La révolution de 89 se fit sous l'inspiration de
l'antiquité. Le siècle de Louis XIV, s'élevant
comme une vaste muraille entre la France féodale et la France monarchique, avait caché au
dix-huitième siècle tout le passé de la nation ;
et comme l'esprit procède toujours par déduc-
tions et que la génération de 89 voulait la réforme de la société, elle se jeta forcément dans
les bras de l'antiquité, et lui emprunta ses formules sociales.

S'il avait existé une littérature véritablement nationale, pleine de noms et de souvenirs, saturée de ce vieil esprit gaulois si malicieux et si vrai; une littérature fortement individuelle, populaire, passionnée, se rattachant aux époques glorieuses de la patrie, empreinte de cet exquis bon sens pratique qui est le propre de l'intelligence française; alors la génération de 89 aurait tempéré son ardeur révolutionnaire dans cette source sacrée; elle aurait été moins téméraire dans la démolition de l'édifice monarchique; elle n'aurait pas voulu dépouiller un vieux peuple chrétien de son enveloppe séculaire; elle n'aurait pas tenté de restaurer pour la nation la plus éclairée du dix-huitième siècle, les institutions du gros village de Sparte; elle n'aurait pas été jusqu'à la sanglante parodie de 93, et aurait compris que pour faire une œuvre durable, il fallait rattacher à la vieille civilisation la liberté nouvelle.

Le règne de l'imitation classique dura jusqu'à la fin de l'empire. En revenant sur le sol de la France, la maison de Bourbon avait à redouter tous les éléments de la société telle

que l'avaient faite les événements. Elle comprit
fort bien qu'elle n'avait pour elle que de vieux
souvenirs, et que c'était sur eux qu'il fallait
poser les bases de sa restauration. Mais l'empire, mais la révolution, mais la philosophie du
dix-huitième siècle, étaient les résultats du
dix-septième et de son admiration trop exclusive pour l'antiquité. Il fallait donc détruire ce
culte idolâtre, il fallait ramener les esprits à
l'étude des sources nationales, il fallait sauter
à pieds joints par-dessus le grand siècle, ce
siècle monarchique et religieux, et aller se
rajeunir au souffle de la vieille France; et,
chose étonnante! il fallait que la postérité de
Louis XIV maudît son génie et sa gloire pour
se maintenir sur le trône de ses pères.

C'est alors que commença ce grand mouvement des intelligences vers les études histori-
ques ! c'est alors qu'on se mit à fouiller le
moyen-âge, à déblayer ses monuments, à interroger ses mystères et son incroyable organisation sociale; c'est alors qu'on comprit les
gigantesques créations de la pensée catholique,
et tout ce qu'il y avait d'originalité et de puis-

sance dans ces malins fabliaux, dans ces chro-
niques naïves, dans ces grands écrivains français
des quatorzième, quinzième et seizième siècles,
qui nous avaient été cachés par le large manteau royal du règne de Louis XIV. Tout prit
un nouvel aspect. Une jeunesse active débar-
rassa la raison des préjugés scolaires dont on
l'avait si long-temps obscurcie. Une critique
large, sans personnalité, ouverte à toutes les
sensations, pesa dans son impartialité les litté-
ratures de l'Europe, et les jugea d'après les
temps, les lieux et les peuples qu'elles repré-
sentaient. Le Dante, Shakespear, Schiller,
Goëthe, Walter Scott, depuis la haute comédie d'un peuple indépendant, jusqu'au héros
des nations esclaves, *Polichinelle*, tout fut ap-
précié à sa juste valeur; et l'art et la liberté,
cessant d'être l'écho de la pensée antique, se
rattachèrent enfin au principe vivifiant de la
nationalité.

Les révolutions politiques ne se font que par
le peuple. Il faut ses passions énergiques et
désintéressées pour renverser un fait existant.
Aussi, dans toute perturbation sociale, il y a

11

un élément populaire qui survit à l'orage,
comme une dernière vague de la mer agitée;
car, bien que les masses aient un but commun, la destruction de ce qui est, cependant
chaque individu a une passion secrète qui l'ai-
guillonne et qu'il se propose de satisfaire. La
grande difficulté des révolutions après la victoire, c'est d'arrêter cet élément populaire,
c'est de le contenir et de lui tracer un lit dans
la nouvelle société. S'il déborde, il amène l'anarchie; si on le comprime avec rigueur, la
révolution rétrograde et perd sa moralité. Or,
la passion est aux mouvements littéraires ce
que le peuple est aux mouvements politiques.
Il faut la réveiller de son assoupissement; il
faut s'en servir, parce qu'elle est la source des
œuvres puissantes et durables; mais, après le
premier élan, il faut se hâter de la soumettre
au contrôle des mœurs et de la raison.

Il y a trois instants bien marqués dans la vie
d'une idée : celui de sa naissance, où, pleine
de jeunesse et de poésie, elle s'échappe de l'intelligence et vient s'asseoir dans le monde positif, sans vouloir déplacer celles qui l'ont pré-

cédée; en second lieu, la résistance qu'elle éprouve de la part des vieilles idées qui, déjà en possession des croyances de la société, voudraient s'y maintenir exclusivement; et enfin, le moment de sa victoire, où, donnant un démenti à la modération que d'abord elle avait affichée, elle veut à son tour la domination absolue. Dans la révolution française, ces trois époques correspondent à l'Assemblée constituante, à la législative et à la Convention nationale.

Au commencement du dix-neuvième siècle, l'école classique n'était plus qu'une forme vide, un masque grimaçant qui couvrait un squelette. Une douzaine de médiocrités bavardes se traînaient sur l'ornière tracée par les dix-septième et dix-huitième siècles, et donnaient leurs rapsodies sans valeur pour la quintessence du bon goût. Cette postérité rachitique des grands écrivains de Louis XIV arrêtait au passage toutes les gloires naissantes, tous ceux qui, pleins de jeunesse et d'avenir, ne s'inclinaient pas devant les dieux éreintés du Parnasse homérique. Excepté deux révolutionnaires, madame de

Staël et Châteaubriand , qui passèrent en
fraude, tout le reste était sans originalité et
sans vie. En face d'une telle rivale, qui ne se
soutenait que par le prestige du passé et l'appui
de l'autorité, l'école romantique débuta, comme
la Constituante, par une magnifique proclama-
tion des droits de l'esprit humain. D'abord,
elle ne voulut que revendiquer sa place au
foyer commun; mais tout aussitôt elle préten-
dit être la seule expression du vrai et du beau;
elle fit un appel à la passion, et, ouvrant les
cent portes du cœur, elle dit à tous les sentiments qui s'y trouvaient captifs : *Déployez vos
ailes, allez, voyez et créez.* Alors ce fut un
beau moment ! tous les visages rayonnaient,
toutes les âmes s'épanouissaient au souffle de
l'espérance. La royauté scolastique fut ren-
versée, ses symboles foulés aux pieds : plus
d'entraves, plus de stupides classifications; la
liberté dans les œuvres de la pensée comme
dans la société. L'art se dépouille tout-à-coup
de son faste et de sa morgue; il déserte les salons de l'aristocratie, il déchire le code de l'u-
nité classique; libre, varié, plein de miséricorde, il va chercher dans la chaumière la

larme populaire, dans l'échoppe le rire panta
gruélique du bourgeois, la grâce et la finesse
dans l'antichambre du courtisan. Profond,
moral, multiple comme la destinée de l'homme,
où se réunissent les teintes les plus tranchées,
il parcourt les places publiques, s'insinue dans
les masses, nous raconte les désirs, les pleurs
de cette pauvre humanité si faible, si forte, si
grande, si petite, si gaie, si triste, et tout cela
dans le même jour, dans la même heure, dans
le même instant!

Mais après ses préfaces et ses fastueuses
constitutions; après avoir tout détruit, tout
nié et tout promis; après avoir heureusement
franchi les deux premières périodes de la pensée révolutionnaire, l'école nouvelle fut entraînée au désordre, à l'anarchie, terme fatal de
tout grand mouvement. Voyant sa rivale succomber sous le poids de ses mille préceptes,
elle pensa qu'il n'y avait d'avenir que dans la
spontanéité. Ne vous embarrassez ni des Grecs,
ni des Romains, ni de Racine, ni de Voltaire,
dit-elle à la jeunesse; le passé est usé, il faut
du nouveau à une société nouvelle; laissez là

Boileau, La Harpe et les innombrables législateurs d'une littérature qui n'en peut plus et
qui expire; consultez votre génie, et laissez-vous
aller à l'inspiration du ciel. Alors chacun se mit
à écrire, chacun eut son type, son genre, son
style à lui, qui n'était compris que de lui. On
retroussa ses cheveux, on découvrit son front,
on se laissa pousser la barbe, on prit une attitude superbe, et l'on se dit : *Moi, je suis le dieu
de la poésie héroïque! toi, celui du drame! etc.*
Puis l'imagination, abandonnée à elle-même,
court, effénée, écumante, bouleversant tout
de son souffle de feu, le ciel, la terre, les
dieux et les démons. Tout parle, tout agit,
tout se coudoie, dans ce pandémonium, dans
cette vaste orgie de l'esprit, les rois et les
gueux, les anges et les bourreaux. Ce furent
des cris, des gémissements, des rires féroces,
des hurlements infernaux; alors ce fut la passion ignoble, épuisée, dégoûtante, soûle, se
traînant dans la fange ; ce fut le 93 de la littérature.

Le vaste mouvement littéraire de la restauration se subdivisait en trois tendances parti-

culières, qui, réunies ensemble, complétaient l'expression de la France, et par conséquent, de l'Europe. La première, que j'appellerai panthéiste, avait pour chef V. Hugo ; la seconde, catholique et religieuse, était représentée par Lamartine ; et la troisième, purement nationale, était dirigée par Béranger. Derrière ces trois grands poètes marchait un nombre infini d'hommes de talents, qui leur servaient de rapsodes, et qui répandaient en petite monnaie la substance de leurs idées. Ces trois tendances, ces trois courants de la pensée française, n'étaient pas le fait des trois hommes qui les dirigeaient ; non, car ils avaient surgi avec le siècle qui nous entraîne. V. Hugo prêta sa voix magnifique à cette haute impartialité qui caractérise notre époque, à ce besoin irrésistible de l'esprit humain de se répandre au dehors, de franchir la barrière de la nationalité, d'interroger tous les peuples et tous les âges ; à cette fièvre qui nous pousse à quitter notre Europe bavarde et prosaïque pour courir le monde et les déserts, et pour aller retremper la poésie dans les feux de l'Orient qui, accroupi et silencieux devant l'avenir, nous cache encore l'histoire primitive de l'humanité. Lamartine se fit le tendre consolateur des âmes pieuses, timides et saintes qui, brisées par la tempête révolutionnaire et l'incrédulité, cherchaient un refuge dans le sein de Jésus-Christ. Quant à Béranger, il marcha sur la grande route sociale de 89, il se fit le barde immortel de cette classe moyenne, fille de la philosophie du 18e siècle; il chanta ses douleurs et ses espérances, et la conduisit victorieuse jusqu'à la révolution de 1830.

Ainsi donc, ces trois grands écrivains, avec l'armée de leurs disciples, sont les interprètes de trois tendances sociales qui, réunies ensemble, forment la base de la moralité du dix-neuvième siècle. Ils ne sont forts, ils n'ont trouvé d'écho dans la nation que parce qu'ils sont sa parole vivante, et c'est à ce titre qu'ils intéresseront l'avenir. Ces faits confirment pleinement nos idées sur l'art, qui n'est et ne peut être que l'expression des souffrances et des désirs d'un peuple. *L'art pour l'art* est une monstruosité, la négation de la volonté et de la moralité, l'intronisation de l'égoïsme dans

ce qu'il y a de plus pur et de plus saint, dans
la pensée de l'homme. Qu'il le veuille ou qu'il
ne le veuille pas, qu'il en ait conscience ou
non, l'artiste obéit toujours aux impulsions de
son temps et en retrace l'image. Homère, Virgile, le Tasse, Racine, aussi bien que Voltaire,
Lamartine, Hugo et Béranger, sont des témoignages immortels de leur époque, des pages
du passé; voilà pourquoi l'art est de l'histoire. Même dans ses productions les plus capri-
cieuses et les plus naïves, l'esprit humain est
soumis à cette loi, et pour qui sait lire dans
les œuvres de l'art, il voit la renaissance dans
une salière de Benvenuto Cellini, aussi bien
que dans un tableau de Raphaël; et le dix-
neuvième siècle aussi bien dans une sympho-
nie de Bethoven que dans une caricature de
Charlet. Sans doute, si l'artiste subit l'influence de ses contemporains, c'est à sa manière. Il
puise, il est vrai, dans son siècle les sentiments
et les passions qui l'inspirent; mais il les dé-
gage de la fange qui les enveloppe, il les puri-
fie et les élève à l'état d'idées : c'est ainsi
qu'ils parviennent à la postérité. Aussi, dans
une œuvre d'art, il y a deux éléments : ce qui

est général, et ce qui est particulier, l'élément éternel et l'élément local.

Le mouvement littéraire de la restauration fut à l'art, ce qu'avait été à la société la grande révolution de 89 : la destruction des vieilles classifications, et le réveil de la spontanéité. L'esprit humain est de sa nature parfaitement logique, il va toujours jusqu'au bout de l'idée qui le préoccupe. Il était donc impossible, qu'a-près la tempête qui bouleversa la cité et la re-construisit sur de nouvelles bases, l'art restât ce qu'il était avant cet ouragan. Il fallait de toute nécessité que la pensée sociale se com-plétât, et que la littérature répondît aux be-soins d'un peuple nouveau : la révolution litté-raire fut le complément fatal de la révolution politique. Aussi leur marche et leur progres-sion furent-elles presque identiques. Généreuse et modérée à son début, l'école romantique ne demandait que la liberté de vivre, et s'inclinait avec respect devant les monuments du passé. Mais cela ne dura guère, et bientôt on la vit secouer le joug de toute tradition, porter la hache sur l'image des dieux adorés, et joncher

le sol de leurs débris. Alors ce ne fut plus
qu'une émeute de polissons de vingt ans insultant à la pudeur publique et au sens commun,
par les enfantements monstrueux d'une pensée
furibonde et sans contrôle. Cette littérature déguenillée et sans retenue fut à l'art, ce que le
sans-culottisme avait été à la société civile, un
mensonge à la morale et à la tendance grave
et civilisatrice du dix-neuvième siècle.

En effet, a-t-on jamais menti plus effronté-
ment à un siècle de lumières! C'est en face
d'une société grave qui veut la liberté et le repos; c'est en face d'une nation sensée lasse de
troubles et de guerres civiles, qui exige de
l'ordre dans les mœurs et dans les lois, qu'une
poignée d'énergumènes nous peignent leurs orgies, leurs pochades de bas lieu, leurs flibus-
tiers, leurs empoisonneurs! Y a-t-il un dissipa-
teur, un jeune homme échappé de la maison
paternelle, chassé pour son inconduite d'une
administration, d'un atelier, d'un régiment,
sans spécialité, sans instruction, incapable
d'aucune occupation honnête, livré à la dé-
bauche, à la paresse et à la misère, il se fait

écrivain. Il fait des romans, des nouvelles, des
vaudevilles, des feuilletons, et régente la société qui n'a pas voulu de lui. Il nous donne
ses besoins cyniques, ses mœurs crapuleuses,
sa vie désordonnée, son exaltation d'ivrogne,
pour la peinture d'un grand peuple rempli de
bon sens et de probité! Que signifie la littérature actuelle ? Est-elle l'expression avancée des
masses que comprime la légalité politique, est-
elle le cri de quelque noble douleur écrasée par
la main calleuse de la bourgeoisie qui nous
gouverne, ou plutôt la voix accusatrice de la
liberté européenne, immolée à l'intérêt des
rois ? non : c'est l'enfant du caprice et de l'irré-
flexion. Elle n'a ni but, ni ensemble, elle erre
au hasard sans dieu et sans autel; c'est une
armée sans discipline, une cohue d'individualités poussant des hourras étourdissants.

Oui, sachez-le bien! Vous n'êtes que les
obscurs historiographes de quelques coteries
parisiennes et des passions factices d'une
grande ville depuis long-temps en révolution.
Vous êtes l'écho tardif d'un passé sanglant et
horrible. Votre gloire éphémère qu'on exalte

dans certains journaux et dans certaines cou-
lisses de la capitale, n'a pu supporter le grand
jour. La province dont vous vous êtes tant mo-
qués, la province n'a pas voulu de vous; son
rare bon sens que vous qualifiez de bêtise, a
su repousser les doctrines réchauffées de la
Montagne, et la forme littéraire qui en faisait
le pendant. Elle est restée fidèle au principe
social de 89, et aux grands écrivains qui ho-
norent la nation. Vos œuvres avortées qui rem-
plissent les cabinets de lecture et qui sont l'a-
liment corrupteur de quelques femmelettes, de
quelques niais oisifs, n'ont pu pénétrer dans la
bibliothèque des hommes éclairés qui ont du
calme et de la portée dans l'esprit.

Mais consolons-nous, la réaction a commen-
cé dans toutes les parties de la pensée publique.
Tout le monde sent à présent qu'il y a assez
de décombres, assez de ruines, et que le progrès n'ayant plus rien qui le gêne, peut facilement se mettre à l'œuvre. L'art ainsi que la
société est une table rase, où il n'y a plus rien
à effacer. L'école dite romantique a fait son
temps, elle a accompli sa mission, elle a com-

plété la grande révolution sociale de 89, elle a proclamé la liberté dans les productions de l'esprit, comme la dernière l'avait introduite dans la vie politique. Sachons lui gré de ses efforts, reconnaissons l'utilité de son labeur, mais déposons le mousquet de l'insurrection, et jouissons de la liberté conquise. Une génération d'esprits graves s'élève, qui veut s'arracher à cette atmosphère de tempêtes et d'orages, et qui comprend qu'on ne peut désormais arriver au progrès que par une patience laborieuse. En facilitant l'émancipation intellectuelle des provinces, en élargissant le cercle de la vie communale, Paris se dégorgera de cette population immense de mauvais écrivains, de ces troupeaux de repoussantes médiocrités qui embarrassent toutes les voies, et assourdissent le gouvernement des cris de leur indigence. Ces hommes, rebuts de toutes les industries et de toutes les spécialités, accourus des quatre-vingt-six départements, misérables, paresseux, couverts de dettes, s'y constituent les organes de l'opinion publique, et les moralistes de la nation. Formant des espèces de bandes de candottieri, toujours au service du plus offrant, ils n'ont de conscience que celle du libraire ou du journal qui les paie. Ce sont eux qui, sans autre mérite qu'une pauvre facilité à faire des phrases, jugent le peintre, le sculpteur, le musicien, se font les dispensateurs de la gloire, et peuplent la France de ces livres sans vérité, avortons où l'indécence le dispute à l'ineptie.

Désormais, il faut que les écrivains consciencieux abandonnent la position exceptionnelle qu'ils se sont faite, qu'ils s'encadrent dans la société, qu'ils se mêlent à la vie réelle, qu'ils deviennent citoyens. *La vie d'artiste*, mot aussi nouveau que le fait qu'il exprime, est une insulte à la gravité de nos mœurs et à la marche du siècle. On n'est point un grand artiste, parce qu'on vit en concubinage avec une figurante de l'Opéra, et qu'on mange quarante mille francs par an! Il est indigne d'un gouvernement qui se respecte, de combler de distinctions de pitoyables dramaturges, de mauvais romanciers, des paillasses littéraires, et cela, parce qu'ils aboient dans les journaux. Il faut absolument que l'art abandonne les sublimes

niaiseries de convention dont il se nourrit depuis vingt ans, il faut que la littérature cesse
d'être une littérature exclusivement parisienne,
et qu'elle devienne celle de la France. Quand
les artistes et les écrivains auront compris que
ce n'est pas dans la vie oisive de la capitale
qu'on puise les grandes idées ; quand ils seront
persuadés que la régularité dans les actions
de l'homme, est une source féconde de hautes
pensées et de sentiments vrais ; quand ils seront convaincus surtout, que les provinces et
l'Europe ne sont pas dupes des célébrités
éphémères enfantées par la camaraderie et la
complaisance vénale des journaux, et qu'il
faut des œuvres durables pour mériter leur
estime ; alors nous aurons une littérature nationale, alors nous aurons l'ordre dans les
consciences et dans l'état, alors nous aurons
une liberté forte, et un immense avenir de
gloire et de bonheur.

VIII.

CONCLUSION.

Nous sommes arrivé au but que nous nous étions proposé. Nous avons jeté un coup d'œil rapide sur l'ensemble de la France ; nous avons cherché à définir les éléments dont se compose la société actuelle ; nous nous sommes efforcé de pénétrer ces individualités collectives qu'on appelle partis politiques, d'en sonder les mys-

12

tères, d'y étudier le mécanisme de la vie intime, et d'en constater les transformations. Nous
croyons avoir prouvé : 1° que l'esprit de la
France est essentiellement formulateur, et qu'il
n'est fort que par sa faculté représentative ;
2° que le parti légitimiste est mort pour toujours comme pouvoir politique, mais qu'il a
et qu'il conservera long-temps une grande puissance morale ; et qu'à tout prendre, il est encore la fraction la plus intelligente, la plus sociable, la plus avancée de la société française ;
3° que la bourgeoisie actuelle, germe des fu-
tures classes moyennes, n'est pas à la hauteur
de la mission que les destins lui ont faite ;
qu'excellente et courageuse dans le maintien de
l'ordre matériel , elle est dépourvue de l'éducation et de la haute moralité nécessaires au gouvernement d'une grande nation, et qu'elle a faus-
sé le rôle de la France dans le drame européen ;
4° que le vieux parti républicain est vaincu,
mort sans retour, et qu'il ne laisse après lui
ni postérité, ni mœurs, ni souvenirs, ni regrets ;
mais qu'il s'élève à sa place une jeune démocratie, intelligente et calme, qui donnera bien
de la besogne à la monarchie de juillet ; 5° que

le clergé catholique n'est pas du tout résigné aux faits accomplis, qu'il fait son possible pour ressaisir une influence qu'il n'aura plus, et que les efforts du gouvernement et de quelques esprits élevés, pour ramener à la vie du siècle ce vieux tuteur de la société européenne, seront infructueux, parce qu'on ne ranime pas un cadavre; 6° que le mouvement littéraire, connu sous le nom de romantisme, s'est tué par ses propres excès, mais qu'il fut utile, indispensable même; qu'il a brisé les anciennes formules, remué un nombre considérable de mots et d'idées, et qu'il a préparé les voies aux hommes de génie. Voilà la substance de notre livre; nous y ajouterons quelques réflexions.

Les êtres collectifs, comme les êtres naturels, ne peuvent se faire à l'idée douloureuse que le temps modifie tout, et qu'ils sont les premiers à subir cette loi éternelle des choses. Aussi, pendant que tout change, que tout se transforme, ils persistent à se dire invulnérables, et à nier leur annulation; n'est-ce pas le caractère de la vieillesse, qui aime mieux croire à la détérioration du monde, qu'à sa propre décrépitude? Par exemple, on se plaint, depuis quelques années, de l'engourdissement de l'esprit public, et de l'indifférence de la nation en matière politique. Ni les passions factices de la presse, ni les promenades sentimentales de quelques députés, n'ont trouvé d'écho au milieu de nos populations calmes et dédaigneuses. La nation serait-elle réellement endormie, et aurait-elle lâchement abandonné le soin de son indépendance et de sa liberté? Assurément, non. La civilisation, qui n'a pas une marche méthodique, ne suit pas toujours la route que lui tracent ses éclaireurs; souvent même elle paraît se plaire à tromper complètement leur attente. Ainsi, aucun des vieux partis politiques qui se sont unis pour renverser la restauration, et qui depuis 89 se partagent la France, n'est aujourd'hui l'expression de ses vœux et de ses intérêts; leurs doctrines partielles et agressives ne sont plus en harmonie avec le mouvement prononcé d'organisation qui tourmente toutes les têtes. On confond le travail paisible, mais efficace, d'une génération qui s'élève, avec le silence de la mort.

Il est évident que, depuis la révolution
de juillet, la nation n'est plus dans la situa-
tion morale où elle se trouvait avant les trois
grandes journées. Soumise alors à un pouvoir qui contrariait toutes ses tendances,
elle dut tout entreprendre pour l'anéantir.
L'opposition était générale, tout le monde
aidait au mouvement, chacun y était utile;
car pour renverser il faut plus de courage que
d'intelligence; mais après la victoire, la question changea de face. Un gouvernement nouveau s'institua, qui répondait à peu près aux
besoins de la majorité victorieuse. La bourgeoisie, qui avait fait la force de l'opposition
des quinze dernières années, et derrière laquelle s'étaient cachées les fractions républicaine et bonapartiste, voulut s'arrêter, user de la
puissance qu'elle venait de conquérir si péni-
blement, organiser l'état comme elle l'entendait, et jouir enfin d'un bonheur qu'elle poursuivait depuis 89. Les minorités, déçues dans
leur attente, se fâchèrent; elles accusèrent la
bourgeoisie d'égoïsme, elles haranguèrent le
peuple, promirent le siècle d'or si on voulait
les suivre; et voyant que leur éloquence res-

tait sans effet, elles prirent les armes et tentè-
rent la guerre civile. Elles furent vaincues,
chassées de la place publique à coup de crosse
de fusil par la bourgeoisie, à qui l'instinct
de la conservation donna du courage. Malgré
leurs nombreux revers, les factions ne se tinrent pas pour battues; elles envahirent la
presse et la chambre, essayèrent d'obtenir par
la ruse et les voies légales, ce qu'elles n'a-
vaient pu acquérir par la force; mais le pays
resta sourd à leurs paroles, et les laissa prêcher dans le désert. C'est alors qu'elles se mi-
rent à accuser la nation de somnolence, et à
proclamer qu'elle était morte à la vie politique!
C'était naïf, mais ce n'était certes pas adroit.

La presse s'est étrangement trompée! Parce
qu'avec sa critique acerbe et agressive, elle
avait servi la haine universelle contre une
dynastie incorrigible; parce que la crédulité
générale lui avait laissé faire et défaire des ré-
putations; parce qu'avec une demi-douzaine
de phrases sonores et creuses, elle avait gou-
verné le pays pendant quinze ans et exercé
une dictature presqu'absolue sur l'inexpérience

de la nation ; elle eut la simplicité de croire qu'il en serait toujours de même, et qu'après la révolution de juillet elle pourrait continuer à vivre, des grossières banalités qui l'ont sustentée pendant toute la restauration! ce qui se passe depuis cinq ans a dû complètement la désabuser. A présent, il faut autre chose que des déclamations pour remuer les esprits. Avec une royauté intelligente qui s'entoure de toutes les grandes capacités de la nation, l'opposition devient difficile; il faut des faits positifs, des idées nouvelles, des études spéciales et profondes pour combattre une administration qui se recrute dans les hommes les plus éclairés et les plus capables. Aussi, depuis 1830, l'opposition en général a-t-elle été presque toujours battue par le gouvernement. Tandis qu'elle l'attaquait par des souvenirs, par de vieilles passions, il se défendait par de hautes raisons d'état, puisées dans les circonstances impérieuses où il se trouvait; pendant qu'elle faisait du drame, il faisait de l'ordre; tandis qu'elle poussait à l'anarchie, il marchait au progrès; c'est ce qui l'a consolidé. La nation ne s'y est pas trompée : malgré les élans épiques de la presse et de la tribune, elle a parfaitement compris que le gouvernement était le véritable défenseur de ses intérêts, et l'interprète de la civilisation. Le gouvernement est devenu populaire; il est de bon ton de le défendre, d'expliquer ses mesures, de l'excuser; tandis que l'opposition vulgaire est tombée dans l'avilissement : c'est là un pas immense dans la moralité française! Et puis, l'avénement de la bourgeoisie au pouvoir est un fait qui par lui-même, doit atténuer la puissance de la presse, surtout de la presse parisienne. La bourgeoisie ne lit guère, et il faut autre chose que de beaux discours et des idées philosophiques pour l'influencer; elle se défie volontiers de tout ce qui est abstrait; son esprit, rompu aux détails de la vie pratique, s'élève rarement à la conception d'un plan général, jusqu'à la cime des choses. Elle ne croit qu'à ce qu'elle palpe, et pour elle, le monde finit là où se termine l'horizon. D'ailleurs l'émancipation de la bourgeoisie doit amener nécessairement l'émancipation morale des provinces; et ce dernier fait portera un coup terrible à l'omnipotence de la presse de la capitale,

En effet, il est incontestable que depuis
1830 la province semble s'animer d'une vie
nouvelle. Le pouvoir et les partis acharnés à sa
perte, ont tour-à-tour invoqué son assistance;
réveillée de son long assoupissement par les
cris des combattants, elle s'est empressée de
donner à la royauté de juillet l'appui immense
de son assentiment, et les minorités factieuses
furent vaincues faute de prosélytes. Repoussé
de Paris, le flot de l'anarchie déborda dans
des contrées encore vierges de ses ravages, où
il fut complètement absorbé. Oui, qu'on le
sache bien, parmi les causes qui depuis six
ans ont contribué à l'affermissement de la monarchie constitutionnelle, une des plus efficaces
c'est la résistance énergique de la province
aux prédications fallacieuses des nouveaux
prophètes; son bon sens l'a préservée des doctrines perverses, et des mille folies qui ont
agité la capitale. Fiers de leur courage et de
leur constance aux principes d'une liberté conservatrice, les départements semblent vouloir
secouer la pesante tutelle dont on les accable depuis si long-temps, et préluder à une
existence plus large et plus intelligente. Déjà

il s'élève de toute part des institutions locales, des ateliers, des sociétés littéraires et musicales qui, sans avoir encore une grande portée, ont au moins le mérite de propager le goût des choses élevées, de faire connaître les chefs-d'œuvre des grands artistes, et de soulager Paris d'une partie de cette masse de sang, qui bien des fois a failli l'étouffer. Encouragées par la rare sagacité de la royauté, qui comprend toute l'utilité de cette dispersion de la vie sociale, et poussées en avant par les nouveaux intérêts que viennent de créer les lois communale et départementale, les provinces s'agitent, se préoccupent des grandes questions administratives, et tendent toutes à se créer des centres d'activité locale, qui auront un jour les plus heureux résultats. Voilà, ce nous semble, les causes nombreuses qui militent contre l'influence exclusive de la presse parisienne; et déjà nous voyons la preuve de ce fait, dans l'indépendance que montrent les départements dans le choix de leurs députés.

Une des grandes misères de l'humanité, c'est de ne savoir jamais apprécier le moment actuel de son existence; c'est de lancer son esprit ou trop en avant, ou de le laisser errer derrière elle; c'est de regretter, d'espérer, de rire ou de pleurer toujours, sans repos, sans savoir jouir paisiblement du beau jour qui l'éclaire, et du bonheur qu'elle rencontre. De là ces voix graves, ces génies moroses qui s'élèvent pour maudire les générations contemporaines et le siècle qui les porte. Certes, le nôtre n'a pas été gâté par les panégyriques; les Jérémies n'ont pas failli à son instruction; c'est un métier si commode que tout le monde s'est mis à le faire. Parmi les grosses banalités qu'on imprime tous les jours contre ce pauvre dix-neuvième siècle, on remarque surtout celles d'*athéisme* et d'*immoralité*. Incrédule, et pourquoi? Parce qu'il ne va plus à confesse, parce qu'il ne croit plus au mystère de la Sainte-Trinité, ni à l'infaillibilité du pape; parce qu'il ne veut plus ni de la domination du prêtre, ni de la tyrannie des castes, et qu'il ne s'agenouille plus devant de creux fétiches et de vieilles légendes; parce qu'il se sent assez fort pour adorer Dieu face à face, et qu'il n'a plus besoin de coups de tonnerre ni de buissons en-

flammés pour croire à l'existence d'un être suprême, type ineffable de toute beauté, de toute
justice et de toute grandeur; on oublie donc que
l'humanité a appris à lire, et qu'elle n'a plus besoin de Moïse pour comprendre les tables de
Sinaï. Qu'on me cite un siècle qui ait eu une idée
plus élevée, plus rationnelle, du monde et de son
auteur ; qu'on remonte le fleuve de l'histoire,
et qu'on me trouve une époque où Dieu ait été
mieux compris, mieux servi, mieux aimé que
de nos jours ? Il y eut-il jamais une aspiration
plus vive et plus générale à l'idéal, au bonheur
de tous les hommes, à la perfection du genre
humain ? Vit-on jamais la société plus grave ,
plus sensée, plus ferme dans les principes
d'ordre et de liberté, malgré les nombreuses
tentatives des méchants pour l'en détourner ?
A-t-on jamais vu une plus sainte préoccupation de la misère du pauvre, une charité plus
abondante, plus d'égards pour les classes infi-
mes, plus de sévérité dans les mœurs, plus de
chasteté dans les familles ? A-t-il jamais existé
un gouvernement plus modéré, qui mît une
plus tendre sollicitude à faciliter l'instruction
de la jeunesse, et à récompenser les talents ?

Non, jamais. Etait-on plus religieux du temps
des dragonades, de la Saint-Barthélemi, sous
le règne de François 1er, ce roi chevalier qui
faisait brûler les calvinistes de son royaume
pendant qu'il s'alliait avec les Turcs et les pro-
testants de l'Allemagne ? Dieu était-il donc
mieux compris, lorsqu'on égorgeait les populations innocentes du nouveau monde, sous le
pontificat des Borgia, pendant le grand schisme
d'Occident, du temps de la guerre des Albi-
geois, pendant les croisades, lorsqu'on pillait,
on brûlait, on assassinait pour la gloire du Seigneur ? Quoi ! un peuple qui travaille, qui ne
va plus gueusant à la porte des monastères,
qui fait tous ses efforts pour arriver à la propriété, parce qu'elle est la source des plus nobles sentiments, ce peuple est immoral ! Quoi!
dis-je, un siècle qui voit Dieu partout, qui le
bénit sous toutes les formes, qui ne l'emprisonne
plus ni dans un peuple, ni sous un turban ou
un bonnet carré, qui laisse à chacun la liberté
de l'adorer comme il l'entend, qui ne pend plus
pour un mot, pour une syllabe; un siècle d'une
admirable tolérance serait un siècle athée !

Arrière donc sycophantes impies, vos blas-
phèmes hypocrites ne nous imposent pas!
Vos jérémiades découpées de la bible que
vous mutilez, sont impuissantes sur un siècle que vous ne détestez que parce qu'il a
mis un terme à vos dévotes fourberies. Nous
valons mieux que nos pères et nos aïeux. Les
mœurs de la France en 1837 sont incom-
parablement plus pures que lorsque les évê-
ques se disputaient l'honneur d'être les mi-
gnons des concubines des rois très chrétiens ;
et le Dieu d'une époque qui croit au progrès
incessant de l'esprit humain, vaut bien celui
de l'inquisition !

Nous vivons dans une époque de transition.
La chaleur lente mais irrésistible de la civilisation a pénétré les vieilles entités sociales
qui se dissolvent, et parsèment le sol de leur
poussière. On a beau crier qu'on est plein de
vie et qu'on a des siècles d'avenir, personne
n'y croit, et la mort a déjà frappé de sa main
décharnée ces vieillards imbécilles qui se far-
dent et se redressent, croyant cacher sous ces
vains artifices les sillons inaltérables du

temps. Si la société actuelle n'a pas de physionomie propre; si le gouvernement de 1830
est un composé de mille éléments divers qui
hurlent de se voir accouplés ensemble; s'il a
été obligé de couvrir sa nudité des nombreuses défroques léguées par ses prédécesseurs;
c'est que la nation elle-même n'avait point de
formes arrêtées; c'est qu'elle était travaillée
par un mal immense dont elle ignorait la cause; c'est qu'en sachant très bien ce qu'elle ne
voulait pas, elle n'avait pas encore d'idées faites sur le monument qu'elle voulait édifier.
Aussi comprenons-nous à merveille le désordre et la confusion qui furent la suite de l'immortelle victoire de juillet. Dans l'incertitude
générale, chacun se crut appelé à guider les
autres; et comme chacun n'était que le représentant d'une idée partielle, il est évident
qu'elle ne pouvait convenir à tous. De là ces
milliers de prophètes, ces clubs de législateurs,
ces émeutes sanglantes. Au milieu de cet orage, et assailli par toutes les minorités dont
chacune voulait lui imposer ses lois, le gouvernement, s'apercevant que la nation n'était
pas plus avancée que lui, et qu'elle n'était

point en état de lui donner des conseils, fit un pas en arrière; et s'appuyant sur quelques piliers vermoulus de la monarchie détruite, il proclama la nécessité de l'ordre qui est un besoin de tous les temps et de toutes les sociétés. Il fut admirablement secondé, dans cette noble mission, par la vieille bourgeoisie de 89, dont les idées sociales étaient depuis long-temps arrêtées; et puisque la bourgeoisie et le gouvernement voulaient ce qui convenait à presque tous, le repos et le temps de se reconnaître, il était impossible qu'ils ne fussent vainqueurs d'une poignée de factieux entêtés. En ceci, le gouvernement a donné une grande preuve de sagesse. Il a fait un appel aux forces existantes, et il ne s'est pas amusé à attendre, les bras croisés, que la société se débrouillât toute seule. Il a accompli l'acte d'un bon administrateur, mais voilà tout; la question de l'avenir de la société française est encore pendante. Le gouvernement de juillet tel qu'il existe, n'est à proprement parler que le gouvernement temporaire d'une caravane qui n'est pas encore arrivée au but de son voyage.

En effet, comment voulez-vous que la société ait un caractère prononcé pendant que durera cette dissolution des anciennes classifications politiques? Est-il possible qu'un gouvernement fort et original s'établisse sur un sol plein de sable, chaque jour renouvelé par des couches nouvelles, et au milieu d'une nation qui se décompose? Car la classe qui doit surgir de cette immense élaboration, cette classe moyenne qui se formera des débris de toutes les vieilles fractions sociales, et qui englobera dans son vaste sein, nobles, prêtres, républicains, légitimistes, etc., etc.; cette classe moyenne, qui désormais doit être la base de toutes les nationalités, et à qui doit appartenir le gouvernement de l'avenir, n'existe pas encore. La bourgeoisie, dont nous nous sommes occupé dans un chapitre spécial de cet ouvrage, n'est qu'un parti politique plus étroit, plus égoïste et plus ignorant que les autres; la bourgeoisie n'est que l'enfance de la véritable classe moyenne. Nous sommes étonné qu'un penseur de la force de M. Guizot, se soit mépris au point de parler de la classe moyenne comme si elle existait réellement. Il n'y a encore que des partis en-

13

nemis l'un de l'autre, exclusifs, dépourvus
d'aptitude et d'avenir; du moins, c'est ce que
nous avons voulu démontrer dans ce livre. La
véritable classe moyenne est dans les langes;
toutefois elle grandira vite, et son règne n'est
pas loin. Mais nous vivons encore sous la tutelle de la bourgeoisie de 89, qui certes a bien
mérité de la civilisation en détrônant la féodalité, mais qui est au bout de sa glorieuse carrière et qui n'en peut plus. *Louis-Philippe* est
le véritable représentant de la bourgeoisie; il
en a les besoins et les sympathies; il a admirablement bien compris que les restes de cette
vieille bourgeoisie, qui combattait à ses côtés
à *Jemmapes,* formeraient encore le parti le
plus puissant et le seul qui fût en état de faire
la police de la société matérielle; il s'est appuyé sur elle, et il en a fait une garde conservatrice de l'ordre et du repos public. Escorté de
cette sage milice, il a préservé la France du
règne furibond des écoliers de la Montagne et
du retour de la royauté féodale. En ceci, il a
été profondément habile, sagace, conséquent
avec sa vie entière et les principes de la bourgeoisie. Il a voulu sincèrement ce qu'il croyait

être le bien de la nation ; il l'a accompli avec
un courage, une suite et une modération que
n'oubliera pas l'histoire. Mais nous croyons qu'il
ne lui est pas donné d'aller plus loin. La bourgeoisie est un corps épuisé; elle fera encore
pendant quelques années le service d'invalide;
elle montera la garde; elle balaiera les rues;
mais la prépondérance politique lui échappe;
il n'y a plus en elle aucun germe de vitalité
sociale. Elle a fait son temps et son œuvre; elle
a tué la féodalité : il ne lui reste plus qu'à
mourir et qu'à engraisser de sa cendre le sol
duquel germera la future classe moyenne.

C'est à l'héritier présomptif de la couronne
de juillet, c'est au duc d'Orléans qu'est réservé
le périlleux honneur d'ouvrir le règne de la
classe moyenne. Élevé au milieu de nous,
comme nous nourri à la source de la science
populaire, jeune, instruit, généreux, sans an-
técédents politiques qui l'enchaînent, pur
comme les trois grandes journées, c'est véritablement un homme de l'avenir ! C'est à lui
qu'appartiendra la gloire d'élargir le cercle de
la révolution de 1830, d'en tirer les consé-

quences qu'elle contient et sans lesquelles elle
ne peut que végéter, de relever l'honneur de la
France vis-à-vis de l'Europe, de lui faire parler
un langage digne de sa grandeur, et d'effacer
l'ignoble souillure que lui a faite la couardise
de la bourgeoisie.

En terminant cet ouvrage, nous éprouvons
le besoin de dire encore un mot sur une petite
réaction qui, dans un coin de la capitale, semble s'élever contre le dix-huitième siècle. Rien
n'est plus digne de pitié que ce qu'on appelle
à Paris une réaction ! Il y en a cent au moins
dans le court espace d'un quart de siècle ; et
si la province était aussi niaise qu'on se l'ima-
gine, et suivait servilement toutes les impulsions qu'on veut lui donner, la France serait le
dernier pays de l'Europe. Revenez à Paris après
cinq ou six ans d'absence, vous êtes douloureusement surpris de ne plus trouver debout
les dieux et les hommes qu'on y adorait avant
votre départ. Non-seulement ils y sont oubliés,
mais leurs statues sont renversées, mais on les
nie, on conteste le droit qu'ils avaient à l'admiration générale. Dans les arts, ces flux et re-

flux sont innombrables. Aujourd'hui, on pleure Nourrit, on l'encense, on le charge de couronnes, on s'apitoie sur sa perte irréparable. Demain, on s'agenouille aux pieds de Duprez, on le proclame le plus grand chanteur qui ait existé, et Nourrit n'est plus qu'un talent factice et de second ordre. Il ne faut pas s'imaginer, comme on se plaît à le dire, que ces réactions si fréquentes et si irréfléchies soient l'effet inévitable d'une grande consommation d'idées, d'une vie prodigieusement active, le signe d'un véritable progrès ; non ; car le plus souvent on est obligé de revenir sur ces enthousiasmes trop hâtifs. C'est plutôt la marque d'une déplorable instabilité ; c'est surtout le produit honteux d'une critique vénale, sans portée, qui transgresse les devoirs de sa mission. En politique, et dans la haute sphère des idées sociales, ces oscillations sont tout aussi fréquentes, tout aussi imprévues, tout aussi irrationnelles. N'est-ce pas misérable, par exemple, de voir une poignée d'écrivailleurs déconsidérés, qui ne croient ni à la Bible, ni au Koran, clabauder d'une voix de Tartufe contre le dix-huitième siècle, l'un des plus

grands et des plus glorieux de l'histoire de
l'esprit humain? A-t-il jamais existé une époque
comparable à celle de 1740 à 1791? Que se-
rions-nous sans ce siècle immortel qui nous a
tout aplani, et nous a légué jusqu'aux armes
avec lesquelles nous lui livrons ce combat par-
ricide? Nous vivons encore de ses largesses;
nous sommes obligés de couvrir notre nudité
du manteau de sa philosophie, et nous blasphé-
mons contre sa mémoire, et nous outrageons
sa tombe ! Sans doute, le dix-huitième siècle
n'est pas le dernier mot de la raison; il a eu
ses faiblesses et ses erreurs, et il serait absurde
de nous contraindre à rester immobiles dans le
cercle qu'il a tracé. Étudions-le, expliquons-le,
faisons mieux que lui si cela nous est possible;
mais soyons reconnaissants de ce qu'il a fait
pour nous; admirons ses œuvres et ses grands
hommes qui ont brisé les chaînes de l'humanité; ne remuons pas d'une main sacrilége
leurs cendres vénérées, et rappelons-nous que
le respect du passé est le gage des progrès de
l'avenir.

FIN.

TABLE.

Fin de la table.